KB165275

연애
독본

ROMAN
COLLECTION
003

연애
독본

박정윤 소설

차례

연애 독본 • 7

작가의 말 • 189

바람이 꽃나무에 닿아 꽃향기와 뒤섞이듯 내 넋이 그녀의 넋에 닿던 순간, 사랑이 시작되었소. 그녀는 가지 여린 꽃나무 같소. 어떻게 해야, 어떻게 바람을 다스려 꽃나무를 흔들어야 그녀의 향과 내 넋이 뒤섞일 수 있겠소. 나는 서투른 힘 조절로 연약한 가지를 부러뜨릴까 쩔쩔매고 있소. 고 형, 나는 그것이 무섭소.

산막이오. 약간의 먹을 것과 소금, 석유와 종이가 필요하다고 했소. 고 형도 예상했겠지만 그녀는 은둔자요. 그 은둔에 내가 개입되었소. 고 형, 나는 나의 개입이 마음에 드오. 눈 속에 파묻힌 함정에 빠진 노루 같고, 날개가 부서진 종달새 같고, 잎이 떨어져 빈 가지로 서 있는 꽃나무 같은 그녀를 나 혼자만이 지켜줄 수 있는 상황이 나는 퍽, 만족이오. 손으로 눈을 파헤쳐 세상을 보여주겠소. 부서진 날개에 묘약을 발라 퍼덕이게 하겠소. 적당한 빛과 물, 흙 속의 양분을 빨아들여 환한 꽃이 터져 나오게 하리다. 나는 약간의 먹을 것과 움켜쥐면 서걱거리는 굵은소금, 수백 장의 종이와 뉴욕 스탠다드 석유통을 가지고 그녀에게 가고 있소. 몸속에 꽃을 품고 있는, 현재는 빈 가지로 얼어붙은 꽃나무에게로.

고 형도 부디, 혹독한 시간을 잘 견디시오.

소녀구락부

그날, 단성사에는 남녀 부동석이 모두 꽉 찼다. 세 명의 여학생은 변소 옆에 임시로 붙여놓은 객석에 앉아 지린내를 맡으며 〈장화홍련전〉을 관람했다. 그녀들은 영화가 끝나자 새까만 어둠 속에서 치마를 들어 올려 허벅지와 정강이를 재빨리 문지르고 영화관을 빠져나왔다. 세련된 문예봉의 모습을 기대했던 그녀들은 귀신으로 분한 문예봉의 모습에 무척 실망했다. 귀신이 나타날 때마다 질겁하며 혼이 빠질 정도로 소리를 질렀다. 셋이 꼭 달라붙어 앉아 비명을 질렀기에 엉덩이뼈가 빠질 듯하고 목이 칼칼했다. 옷매무새를 매만지며 나오다 정복정모 한 남학생들을 힐긋거렸다.

단성사 뒷골목에 들어서자 그녀들은 수중에 있는 돈을 합쳐 셈을 해보았다. 부엌일하는 할멈 몰래 곳간에서 서리태 한 말씩을 훔치어 남대문 곡물상회에서 팔아 모은 돈으로 영화를 보고도 남은 돈이 좀 되는 경숙은 미쓰코시에 가 신양산을 구경하고 발목에 레이스가 달린 양말과 손수건에 수놓을 붉은 색실을 사고 싶었다. 아란은 전차비를 제하고 남은 5전으로 알록달록한 태극무늬 사탕을 사 동생들 손에 들려주고 싶었다. 각자 헤어져 집으로 돌아갈 것을 제안한 아란의 말에 정희는 큰 인심 쓰듯 제 돈으로 종로통서 군입질을 하자고 했다.

"기왕 돈을 쓸 것이면 데파트 옥상정원에 가 커피 한 잔 시켜 나눠 마시자. 우리 구락부 규칙도 정하고 클라식 음악도 듣고."

아란의 제안에 두 명의 여학생은 손뼉을 치며 옷맵시를 점검했다. 세 명 모두 굽이 뾰족한 검은 칠피구두를 신었고 무릎 위로 깡충 올라오는 검은 통치마를 최대한 몸에 맞춰 줄여 입었다. 아란은 무릎을 구부리곤 치맛자락을 당겨 구두코를 닦았다. 흰 저고리의 동정과 옷깃을 최대한 깊게 파 목선이 길어 보이고 고개를 수그리니 가슴골이 살짝 내비치었다. 정희는 아란의 옷을 뜯어 고치는 솜씨에 늘 반했다. 아란에 비해 몸은 자신이 더 호리호리하고 종아리도 미끈했다. 아란의 종아리는 어딘지 좀 부어 있는 듯했고 김장 때의 조선무처럼 딴딴했다. 그렇지만 아란은 치마의 통을 최대한 줄였고 끝이 퍼지지 않고 차분히 떨어져 자신보다 늘씬해 보였다. 옷맵시가 퍽 훌륭했다.

정희는 엄마를 따라 갔던 혼마치의 양복점에서 본 스크랩북을 떠올렸다. 서양 여자가 하체의 윤곽이 드러나게 꼭 달라붙은 스커트를 입고 있었다. 스커트가 엉덩이 아래에서 급격하게 좁아지는 것이 매력적이라는 것을 아란은 타고난 감각으로 알았던 거였다. 정희는 할멈을 졸라 자신의 치마도 줄였지만 아란의 것처럼 맵시 있게 착, 가라앉지는 못했다. 치마 외양이 속상한 것이 아니라 아란보다 더 나은 제 다리를 뽐낼 수 없는 것이 안타까웠던 그녀는 결국 치마의 길이를 무릎뼈가 도드라지도록 줄였다. 학교 문턱에서는 치마를 엉덩이까지 내리고 드러난 허리를 책보로 감추었다.

가까이서 보고 따져들면 스커트 길이와 통이 차이 나 누가 더 맵시 있고 없는지 그녀들은 한눈에 척, 알아보겠지만 멀리서 그녀들을 보는 이들에겐 셋 모두 세련되고 어여쁜 여학생이었다. 귀 뒤에서 똑같이 한데 모아 묶은 검은 머리타래는 정숙해 보였고 희게 빛나는 옥당목 저고리는 맑은 날 구름이 달라붙은 듯 새뜻했다. 바야흐로 흰 벚꽃이 흥에 겨워 여릿한 봉오리를 찢어내 젖은 잎을 살짝 내비치는 야들야들한 춘사월이었다.

세 명의 여학생은 기웃거림 없이 데파트의 옥상정원에 들어갔다. 신사 두 명이 앉아 책을 들여다보는 옆자리에 앉아 커피 한 잔을 시켰다. 나비 타이를 맨 뽀이는 더 주문할 것이 없는지 큰 소리로 물었다. 핀잔 가득한 그의 시선에도 아랑곳없이 정희는 그렇다고 대답했다. 바로 곁 테이블에 앉아 책을 들여다보는 검은 양복쟁이 두 명은 머리를 책에 처박고 있었다. 커다란 용설란 곁에 앉아 장대 부리에 담배를 말아 끽연을 즐기던 중년 남자 셋이 알 만하다는 표정으로 그녀들을 쳐다보았다. 흰 두루마기를 꼿꼿하게 다려 입고 헛기침을 해대는 그들은 노골적으로 아니꼽다는 표정이었다. 경숙이 가방에서 공책을 꺼내 들었다. 10년, 20년이 지나도록 변치 않고 만나기. 서로에게 힘든 일이 생기면 제 살 대하듯 애껴주기. 서로에게 힘이 될지언정 투기하지 않기. 비밀을 만들지 않기. 경숙은 아란과 정희가 불러주는 항목을 따박따박 받아 적었다.

"서로의 연애사를 공유할 것."

"얘는, 무슨 연애를 공유하니?"

경숙은 정희의 말에 까르륵 웃으며 손사래를 쳤다.

"비밀을 만들지 않으려면 그래야 하지 않겠니? 클럽 이름도 만들자."

"아란을 따르는 후배들도 회원으로 받아줄까?"

"그러지 말고 일단, 우리 셋이나 힘을 합쳐보자. 소녀비밀클럽, 어때?"

"비밀이란 단어는 뭔가 음흉한 구석이 있으니 소녀구락부라 하자."

아란의 제안에 경숙이 고개를 끄덕이며 공책 맨 위에 소녀구락부, 라 썼다.

"그런데 화숙이는 자퇴서도 제출하지 않고 조지아 데파트에서 엘리베이터 껄을 하고 있드라. 며칠 전에도 백화점 갔다가 만났어."

"그 애는 그렇다 해도 점순이란 애 아니? 그이는 스텍키 껄에서 킷스 껄이 되었다는데 돈을 무척 많이 벌어들인다는 소문이야."

"맞아, 얼마 전에 혼마치에서 만났는데 세련되게 단발하고 검정 실크 스타킹을 넓적다리까지 치켜올려 신었는데 에로 껄이 따로 없드라."

정희가 경숙의 말에 고개를 끄덕이며 커피 잔에 설탕 다섯 스푼을 타며 말했다.

"스텍키 껄은 뭐고 킷스 껄은 또 다 뭐야?"

"아란은 여즉 어수룩한 면이 있구나."

아란의 질문에 경숙이 까륵까륵 웃었다. 그 웃음소리에 책에 처박혀 있던 양복쟁이 신사가 고개를 들어 그녀들을 바라보았다. 바로 곁에 달라붙어 있는 테이블이어서 조금만 신경 써 들으면 그녀들이 주고받는 말을 파악할 수 있는 거리였다. 경숙이 몸을 테이블 가운데로 밀며 목소리를 낮추어 말했다.

"스텍키 껄은 이야기 동무를 해주고 시간당 몇 원씩 보수를 받는 거야. 킷스 껄은 말 그대로 킷스를 해주는 대가로 돈을 받는 거지. 요즘 은근히 에로, 그로 껄들이 많아."

"얼마나 많이 버는데?"

아란이 호기심을 보였다.

"점순이는 애명을 로즈, 라고 바꾸고 활동하는데 그 벌이로

개네 집구석을 다 먹여 살린대. 전문 연락 인력거꾼도 두고 달력에 미리 정해놓은 약속이 한 달 치나 밀려 있대."

"인기가 많나 보구나. 꽤 괜찮은 벌이처럼 들리네."

아란의 호기심에 경숙이 커피 잔을 들어 마시다 뜨거운 커피에 입술을 덴 듯 재빨리 내려놓았다.

"신맛 없는 초보다 맛없는 것은 정조가 흐려져버린 미인이고, 놀고도 잘 먹으려고 하는 것은 서투른 글 배운 여자다. 어제 『신여성』 잡지를 들고 미움 받을 소리에 나왔다고 읽어준 것은 아란 너였어."

"거야, 갓 쓰고 두루마기 입은 영감쟁이들 시선이지. 당장 돈이 급한데 벌이 수단이 좋으니 난 점순이가 대단케 여겨지네."

"치이, 그러다 늙으면 고만이지 뭐야. 그 소문난 계집애한테 어디서 혼담이 들어오겠어? 내가 말했니? 설 쇠면 졸업이라는 것을 알고 경성제대 법문학부생 집안에서 혼담이 들어왔어. 난 졸업 후에 시집이나 갈래."

정희 집은 알아주는 양반 가문은 아니었지만 종로통 나무장에 상점을 세 칸 가지고 있고 일꾼 예닐곱을 거느리는 장사꾼 집이었다. 기와집을 허물고 왜식으로 새로 지은 집에도 일꾼을

세 명 부려 정희는 개천에서 빨래한 적도 없고 제 속옷도 빠는
법이 없었다.

"열일곱 살에 결혼 준비 하는 것은 너무 시골스러운 것 아
냐?"

아란의 말에 경숙도 맞장구를 쳤다.

"맞아. 요즘 선각 여성들은 너나없이 결혼을 부러 늦게 하려
고 하던데. 나는 여름방학 시작하면 전신국에서 일하게 될지도
몰라. 주임선생님께서 신청서를 내준다고 했거든."

경숙의 집은 논 몇 마지기로 간신히 입에 풀칠하는 처지였
다. 양반 체념으로 일꾼을 뒀지만 경숙의 어머니는 꾀부리지
않고 곰살궂게 일하는 성격이라 경숙에게도 일찍부터 부엌일
을 가르쳤고 시켰다. 아란과 경숙이 개천서 빨래를 하거나 오
지동이를 이고 물을 길러 갈 때, 뒤란에서 장독을 닦고, 깨를 털
어내고 있을 때 정희는 손을 톡톡 털며 빅터 레코드의 신판을
유성기에 올려놓고 칼피스를 마시며 에로소설을 읽고 있을 터
였다. 아란은 그런 정희가 부럽기도 했고 얄미운 구석도 있었
다. 은근히 아니꼽기도 하여서 작정하고선 톡 쏘아 내뱉었다.

"여자는 결혼하면 끝이야. 세상천지에서 가장 가련한 사람이

조선의 여편네라는 말도 모르니? 아이 하나 배면 남편은 다른 여자 넘볼걸? 솜옷을 껴입은 듯 살이 들러붙고 남편한테 쌀독 취급이나 당하지."

물을 끼얹는 차가운 말투에 질린 정희와 경숙이 입을 벌리고 동시에 물었다.

"치이, 그럼. 넌 어떻게 살 건데?"

"나, 학교 고만 다니고 권번에 들어가 기생이나 될까 봐."

"뭐? 기생?"

정희와 경숙이 동시에 커피 잔을 붙잡고 잔이 깨질 정도로 크게 소릴 질렀다. 그 소리에 가까운 테이블에 앉은 사람들이 돌아보았다. 바로 곁에 앉았던 신사가 책을 내려놓고 테가 굵은 로이드안경을 벗었다. 양복저고리 안주머니에서 담배를 꺼내 불을 붙여 맞은편에 앉은 신사에게 건넸다. 그제야 고개를 든 신사가 세 명의 여학생을 주시했다. 그는 담배를 한 모금 빨고 흥미로운 듯 턱을 괴고 아란의 다음 말을 기다렸다.

"헬로 껄이든 엘리베이터 껄이든 고작 몇십 원씩 벌어 하루가 다르게 무청처럼 쑥쑥 자라는 두 동생을 어떻게 바라지하겠니? 정희처럼 대단한 집에서 혼담이 오는 것도 내겐 춘몽이지."

아란의 집 사정을 알고 있는 정희는 혀를 쏘옥 내밀었고 경숙은 가만히 아란의 손을 잡았다.

"얼른 돈을 벌고 싶어. 난 돈을 아주 많이 모을 테야. 여봐란 듯이 두 동생 공부도 시킬 테야. 그 집에서 얼른 독립해 나오고 싶어. 무엇보다 징글징글한 숙모의 눈길에서 벗어나고 싶어."

아란의 눈은 불을 지핀 숯덩이처럼 지글지글 타올랐다. 경숙은 아란이 당장 내일부터 학교를 관두고 권번으로 찾아갈 것 같아 어떻게든 말려야겠다는 생각을 했다.

"기생도 요릿집에서 불러줘야 돈을 벌지. 게다가 권번에는 열셋, 열넷에 들어가는 거야. 우리 나이는 이미 기예를 익혀 머리 올리는 나이야. 제일 잘나가는 명월관의 간판 명월이는 천 원도 넘게 번다지만 그야말로 명월이 한 명이지."

"기생생활도 신성하다면 신성하다잖아. 화중선처럼 잘난 기생이 되어보든지 영화계로 진출할 기회를 노려봐야지."

"만둬, 그러지 말고 1년만 더 꾹 참고 학교는 마쳐보자. 그리고 얘, 너는 문장을 쓰겠다며? 『상록수』보다 잘난 소설을 쓸 자신이 있다며?"

"맞아. 너 『사랑의 불꽃』에 있는 편지의 답장도 죄 쓰지 않았어? 그거 인기 많았더랬지."

"쓰고 싶고, 자신은 있지만 손 놓고 앉아 있을 형편이 안 되잖아."

"사랑의 불꽃에 답함, 그거 한성도서주식회사에 가져다줬다며?"

"두 달이 지났는데 기별이 없어. 제대로 전달이 된 건지도 알 수 없고."

『사랑의 불꽃』은 1923년 한성도서주식회사에서 낸 이별, 만남, 고백, 절교, 그리움을 적은 연애편지를 엮은 서간문 모음집이었다. 아란은 그 편지에 답장을 써서 반 동무들에게 돌려 읽혔다. 동무들이 읽은 후에는 후배들도 읽었고 아란의 공책은 나달나달해질 정도로 인기 있었다. 특히 동경에 유학 간 애인, 화복 씨를 그리워하다 배신감에 독약을 먹고 서울 H병원 6호실에서 쓴 편지에 답함을 쓴 종이는 떨어진 눈물 자국으로 글씨가 번졌고 보풀이 생길 정도였다. 화복 씨는 정신을 차려 첫사랑을 찾아 고국으로 돌아왔지만 그를 기다리는 것은 독약을 먹은 후 쓴 홍순애의 편지였다. 자신의 죄를 반성하고 비로소 진정한 사랑을 깨달은 화복 씨가 따라 독약을 마시기 전에 남긴 유서를 아란이 썼다. 그것을 읽은 여자 후배들은 아란에게 깊은 감동을 받았다는 편지를 보내왔다. 대놓고 아란에게 동성연애를 해보자고 덤벼드는 여자 후배도 있었다.

"너,『상록수』같은 걸 루 또 써서 출판국에 보내겠다 하지 않았어?"

"그러기는 할 것이지만. 사실, 난『상록수』가 너무 가르치려드는 것 같아 좀 흥미가 없드라. 더 가난하고, 외로운 인간이 수두룩한데 그 모습을 파헤쳐보고 싶어."

"아란은 분명 그런 이야기를 쓸 거야."

아란은 경숙의 말에 희미한 웃음을 지었다. 손거울을 꺼내 제 얼굴을 비추어보던 정희가 거울 위로 눈물을 툭, 떨어뜨렸다.

"너희는 좋겠다. 아란은 똑똑한 꿈이 있고 경숙은 헬로 껄이 되고, 나는 뭐라니? 솔직히 콱 죽어버리고 싶어."

아란과 경숙은 뜨악한 표정으로 정희의 어깨를 잡고 흔들었다. 정희는 갑자기 자리에서 일어나 옆 테이블로 갔다. 검은 양복쟁이 남자에게 담배 한 개비를 달라고 청했다. 아란과 경숙이 말릴 새도 없었다.

"거, 여학생이 담배도 피우나?"

검은 양복쟁이 남자는 앞에 앉은 신사에게 결정을 내려달라는 듯 큰 소리로 말했다. 로이드안경을 쓴 남자가 어깨를 으쓱하자 검은 양복쟁이 남자가 반 넘게 남은 스트라이크 담배를 갑째 주었다. 남자는 빼빼 말라 빳빳하게 다린 와이셔츠의 목둘레가 휘휘 돌아갈 정도로 헐거웠다. 뾰족하고 돌출된 얼굴과 가느다란 눈에는 호기심이 잔뜩 서려 있었는데 룸펜처럼 보이지는 않았다. 그렇다고 코 아래까지 내려온 로이드 뿔테안경을 쓰고 책에 파묻혀 있는 남자처럼 인텔리겐차로 보이지도 않았다. 웃음을 머금었던 입 모양을 가지런히 일자로 다물고 나니 무표정한 얼굴이 차갑게 느껴졌다.

"시크해 보이는 신사가 스트라이크를 갑째 주셨네."

정희는 남자에게 들릴 정도의 목소리로 말하곤 카운터로 갔다. 흔들림 없는 당당한 태도로 성냥까지 얻어가지고 돌아와 의자에 앉았다. 아란은 로이드안경을 쓴 남자의 정체를 파악해보려고 그가 읽고 있는 책을 보았다. 책표지가 없는 책이었다. 그는 책을 읽으며 중간중간에 펜으로 표시를 했다. 책 옆에 깨알처럼 작은 글씨로 뭔가를 새카맣게 썼다. 비싼 책에 낙서를 하는 사람을 처음 봤기에 아란은 그를 뚫어져라 쳐다보았다.

정희는 성냥을 그어 담배에 불을 붙이고 한 모금 빤 연기를 그대로 내뱉었다. 연기가 눈에 들어갔는지 기침을 해대고 눈물을 닦으며 불을 껐다. 정희야말로 현실에서 벗어나고 싶었다. 설을 쇠자마자 혼담이 들어왔다. 아버지가 흡족해하며 성사시키자고 어머니에게 말했다. 상대 남자는 경성제국대학 법문학부에서도 우등생이었고 졸업 후에는 곧바로 일본 본토로 유학 가는 것이 결정되었다.

정희는 어머니와 함께 종로2정목에 있는 고급 양장가게인 수향상회에 갔다. 흰 얼굴을 돋보이게 한다는 살구색 투피스를 유행하는 샤넬풍으로 맞추었다. 미쓰코시 백화점에서 흰 모자와 레이스 장갑을 사고 진주 목걸이도 사서 목에 걸었다. 종로통에 있는 사진관에 가서 사진을 찍었다. 사진을 찾아 한 장은 응접실 피아노 위에 올려놓고 하나는 나무 액자를 만들어 혼담이 들어온 집에 하인을 시켜 보냈다. 한 달 전 일이었다. 사진을 보낸 지 한 달이 다 되어도 혼담이 온 집에서 답례 사진도 서신도 없었다. 당돌하고 자신만만했던 정희는 그 집 사정을 알아보러 다녀온 할멈이 어머니에게 전하는 말을 몰래 듣고 기겁했다. 남자가 경성제대 근처에 집을 얻어 여자를 불러들여

살고 있다는 소문이었다. 정희는 얼굴도 보기 전에 다른 여자와 살림을 차린 남자에게 젊음과 인생을 바칠 생각에 몸서리쳤다. 그럼에도 혼례는 이미 정해진 것이기에 분통이 터졌고 억울했다. 얼굴도 모르는 남편 될 남자에 대한 분노를 키웠고 어떻게든 여봐란 듯이 복수하고 싶었다.

『연애 독본』—A 양의 혼부라 경험기

방년 열일곱 살이 된 저희 3인은 봄맞이 산보를 결심하였사옵니다. 혼부라는 단연 남극 탐험이란 유행어가 있을 정도인 본정이 으뜸이외다. 저희는 수업 도중 각각 정하여놓은 시간에 선생님 앞에서 연극을 하였나이다. 경도가 시작되어 배가 아프다, 시골서 집안 어른이 올라와 뵈시러 가야 해 남대문 스테이션에 시간을 맞춰 가야 한다, 막내 삼촌이 아파 주사국에 함께 다녀와야 한다는 연극을 천연덕스럽게 퍽 잘하였사외다.

평소 저희들은 집안일을 한다는 핑계를 대고 걸핏하면 지각, 결석을 하는 여느 학생들과 달리 수업을 따박따박 듣고 학교 성적도 1, 2, 3호를 차지하는 모범 학생들이옵니다. 방과 후에는 선생님을 도와 공문을 정서했고 선생님의 책상을 걸레로 훔치었고 들꽃을 꺾어 유리병에 담아놓는 당번을 도맡아 하였사외다. 3인의 연극이 훌륭하지는 않았을 것이오나 평소의 가지런한 태도가 먹히어들었사외다. 선생님은 혀를 쏘옥 내민 경숙에게만 혀를 내밀지 마라, 치마 품을 넓혀라, 품행을 가지런히 해라, 는 잔소리를 일장 하시고 이른 귀가를 허락하는 조퇴서를 작성해주었사외다. 학교 앞에서 만난 저와 제 친구 2인은 벌어지는 꽃처럼 가슴이 부풀었사옵니다. 학교 앞 잡화점으로 가 J 양이 등굣길에 맡겨놓은 보따리를 찾았습니다.

J 양을 소개하겠사외다. 그녀는 몸이 시원하게 길쭉했으며 얼굴은 통으로 깎아놓은 참외처럼 작고 하얬습니다. 집안 사정이 아주 넉넉하고 연못이 있는 왜식 정원에 쓱 들어가니 석등이 쪼르륵 놓여 있더이다. 돌계단을 오르니 벽마다 유리창을 뚫어놓아 속이 훤히 보였사외다. 네, J 양은 왜식과 구라파식을 섞어놓은 2층 문화주택에서 살았습니다. 혼마치와 남촌, 종로통의 대로변에 가면 양식의 단단하고 커다란 석조 건물, 붉은 벽돌 건물을 실컷 구경할 수 있었지만 층층이 겹쳐놓은

집에서 사람이 밥을 먹고 자고 살아가는 것을 접해본 것은 처음이외다.

J 양의 집은 종로 근처 수진동에 있지만 마치 본정의 문화주택가에서 한 채 삽으로 뚝 떼어 옮겨놓은 것처럼 우뚝 솟아 있사외다. 문화주택 좌우로는 초라한 기와집이 빼곡했습니다. 삐딱한 기왓장을 받치고 있는 집들 틈에 솟아난 문화주택은 참으로 기이하게 보입디다. 변소도 1층 복도에 있었는데 서늘한 아래를 내려다보면 깊이를 알 수 없었고 무엇보다 지린내가 나지 않았사외다. 귀한 종이를 손바닥 크기로 착착 잘라 동그란 철에 꽂아놓고 뒤를 닦는 데 사용합디다. 저는 변소에 들어가 귀한 흰 종이를 서너 장씩 뜯어 꼭꼭 접어 몰래 가지고 나온 적도 있사옵니다. 거실 한쪽에 나무 계단이 있고 2층에는 데파트처럼 꾸며놓은 서재 겸 응접실이 있었습니다. 서재에는 세계문학이니 일본문학 걸작선이 빼곡히 꽂혀 있었으나 책은 살 때부터 책장에 꼭 들러붙은 듯 꺼내 읽은 흔적이 없었사외다. 저는 응접실에 앉아 차곡차곡 철해 모아놓은 신문에서 연재소설을 읽고 책을 한 권씩 꺼내 빌려 읽었더랬습니다. 응접실 옆은 J 양 어머니의 방이었습니다. J 양은 그곳을 자랑하고 싶어 안달이

났습니다. 저를 끌고 그 방 문손잡이를 잡은 채, 뜸 들이다 웃음을 지어 보이곤 문을 열었사외다.

장롱이라는 것은 옷을 착착 개켜놓지 않고 사람이 서 있다가 고대로 빠져나가고 옷을 벌세우듯 세워놓았습디다. 옷을 걸어둔 나무 옷걸이에는 화신, 미쓰코시, 미나카이, 조지아 글씨가 써져 있었습니다. 그 방에는 침대라는 것도 있었는데 허리 높이의 공중에 붕 떠서 잠을 자는 것이라 했습니다. 저는 침대를 손으로 눌러보고 허벅지를 한껏 들어 올라가 그곳에 누워봤지만 물컹거리는 느낌이 몹시 불쾌하였사외다. 허공에서 잠을 자면 꿈자리가 사나울 것 같았사외다. 더군다나 불을 뗄 수 있는 아궁이 시설이 없어 겨울에 허리를 뜨듯하게 지질 수 없어 보였나이다. 그 장롱에는 J 양의 어머니도 미처 다독이고 아끼지 못할 수많은 옷이 있었습니다. 모자만 따로 진열해놓은 선반에는 색과 형태에 따라 별의별 모자가 다 있었습니다. 서랍에는 레이스 장갑, 실크 스타킹, 색색의 목걸이와 반지, 귀고리 등이 있었습니다.

J 양의 어머니는, 사람들이 흔히들 부르는 한 글자로 표현하면 '첩'이외다. J 양의 아버지 본가는 대전인가에 있다고 들었

사옵니다. J 양에게는 배가 다른 두 명의 오빠와 세 명의 언니가 있는데 인물들이 하나같이 마을 어귀에 서 있는 장승처럼 얼굴과 눈코입이 큼직큼직하고 부리부리해 눈을 마주치면 고개를 돌려버리거나 달아나고 싶게 만드는 특별한 박색이라 했사옵니다. J 양의 어머니는 어여쁜 얼굴을 가꾸느라 인생의 대부분 시간을 쏟아부었습니다. 그 집 하인들이 하는 말을 얼핏 듣기로는 일본으로 건너가 눈과 코를 양식으로 고치었다 했사외다. 그 말을 듣고 보니 과연 J 양과 달리 눈은 쌍겹이고 코끝이 자작나무 가지 하나를 덧대어놓은 듯 뾰족했습니다. 피부는 타고난 듯 나이를 짐작할 수 없을 정도로 티 없고 주름 없이 판판했사외다. 양식 화장대에 진열해놓은 화장병 중 얼굴에 바르는 미제 크림만 열 가지가 넘었습니다. 갖가지 크림을 바르고 백분을 바르면 본디 얼굴은 사라지고 서양인처럼 얼굴이 뽀얗고 눈썹은 날카로워져 없던 성미까지 있어 보여 함부로 말을 건넬 수 없다는 것이 J 양의 감상이외다.

J 양의 어머니는 요즘 사교땐스에 푹 빠져 무허가 땐스홀에 드나든다는 소식을 전해 들었사옵니다. J 양의 어머니는 낮에는 전문 춤 선생님에게, 밤에는 나비넥타이를 매고 카이젤수염

을 귀밑까지 늘여 붙인 신사에게 허리를 내맡기고 춤을 춘답니다. 저는 J 양의 어머니가 얼마나 사뿐사뿐 때로는 격정적으로 지르박, 탱고, 스윙재즈에 맞춰 허리와 어깨를 흔들어대는지 본 적은 없지만 아마 그녀가 조금만 허리를 비틀어도 손을 잡은 남성을 쓰러뜨려 발아래 두기는 쉬울 거란 생각이 들었사외다. J 양의 어머니는 미모에 비례하는 앙칼진 성질을 가졌지만 남자들이 앙칼진 성격을 모른 척 속아버리고 싶을 정도로 아름다웠사옵니다. J 양은 그 어머니를 빼다 박은 듯 똑같이 아름다웠고 성질이 앙칼졌사외다.

그런 J 양과 J 양의 어머니는 저에게 무척 상냥하였사외다. 아마, J 양이 처음 제 소개를 할 때, 저희 증조부가 진사였고 학교 성적이 1호라 했기 때문이라 여겨집니다. 제 손에 들려 있던 똘스또이의 『전쟁과 평화』, 라는 책을 물끄러미 바라보며 다가와 제 뺨을 어루만지던 흰 레이스 장갑의 촉감을 떠올리면 아직도 등골이 서늘합니다. 여자인 저도 거역할 수 없는, 푹 빠져버리고 싶은 늪 같은 매력이었사옵니다.

눈치 빠른 독자 제씨께서는 어느 정도 알아차리셨을 것으로 압니다. 저는 J 양의 변소에서 밑씻개로 쓰는 흰 종이를 훔치어 집으로 돌아가 잡문 연습한 것을 옮겨 적어놓습니다. 네, 저는 무척 철빈(鐵貧)하고, 가난을 잊어버리기에 가장 좋은 벗인 책을 좋아하고, 가난과 분수를 잊을 정도로 기발한 상상이 터져 나오면 문장을 받아 적는 문학적 기분이 넘치는 소녀이옵니다. J 양과 다른 친구 K 양은 제 소설의 애독자입니다. 『상록수』보다 더 잘난 소설을 쓰고 싶은 것이 저의 욕심입니다. 물론 『사랑의 불꽃』처럼 책이 나오자마자 50여 일 만에 매진이 된다면 전 어느 산속에 푹 파묻혀 이야기만 지어내다 죽어도 여한이 없을 것이외다. 그런 제가 J 양의 어머니 침실과 옷장에 홀려 반할 리가 없지요. 제가 J 양 집을 여름날 물마시듯 드나드는 이유는 따로 있사옵니다.

J 양의 집 2층 옥상에는 커다란 야자나무 화분이 있고 그 곁에는 호텔에나 있다는 커다란 양산이 꽂힌 둥그런 탁자가 놓여 있습니다. 탁자 앞의 양식 체어에 앉으면 자연스레 보이는 풍경이 혼마치 너머 종현동 뾰족 공회당 지붕입니다. 그곳에 앉아 있으면 머리에 들어차 있지도 않던 이야기가 흔들려 나왔사외다. 제 자신, 어디 먼 나라의 여인이 되어 굴곡진 삶을 살다 낯선 이곳에 잠깐 여행을 온 듯 황홀한 상상 속에 빠져듭니다.

저는 그런 기분에 취해 있을 때 가슴 안쪽 깊은 곳의 뼈가 쿡쿡, 쑤시고 시큰거릴 정도로 행복하였나이다. 제가 J 양과 오래오래 친구로 남아 있고 싶은 까닭이외다.

J 양이 원피스 석 장과 실크 스타킹, 레이스 장갑, 모자를 싼 보따리를 잡화점에서 찾은 저희 3인은 영등포에서 전차를 집어 탔사외다. 남대문 전차 스테이션에서 내려 미쓰코시 데파트까지 서두르는 걸음으로 걸어가 그곳 변소에서 서로 망을 봐주며 번갈아 옷을 갈아입었습니다. 경대 앞에서 원피스에 맞춰 집어 든 목걸이를 하고 모자를 썼습니다. 벗어젖힌 후줄근한 광목 치마와 옥당목 저고리를 한데 뭉쳐 내던져버리고 싶은 마음을 가까스로 참고 돌돌 말아 책가방에 담았습니다. 어쩔 수 없는 것은 구두였습니다. 3인 모두 굽이 있는 칠피구두를 신었지만 하늘거리는 원피스에 비해 투박하기 그지없었사외다. 저희의 넓고 벌어진 발볼은 J 양 어머니의 뾰족구두를 감당할 수 없었사외다.

옷을 갈아입고서야 느긋하게 혼부라를 즐기며 본정으로 갔사외다. 옷을 갈아입은 후로 저희를 돌아보는 남자들이 또래가 아님을 알아차리었습니다. 적어도 정복정모를 한 전문학교 학생이었고, 나팔바지에 통이 넓은 넥타이에 맥고모자를 쓰고 단장을 짚고 있는 모뽀들이었사외다. 저희는 기분이 더욱 느긋해져 신사들이 보내오는 눈길에 웃음으로 답하며 걸었습니다. 길거리 노점에서 파는 국수를 말아 먹을 때에도 나무 막의자에 앉지 않고 국수 대접을 들고 허리를 삐딱하게 세우고 서서 먹었사옵니다. 평소 저희는 똑같은 국숫집에서 흰 저고리를 입고 막의자에 걸터앉아 얼른 허기를 채우느라 허겁지겁 먹었습니다. 옷이 바뀌어서인지 국숫집 앞에 서 있는 것도 궁상맞아 보이지 않았고 오히려 색다른 기분이었사외다. 싹싹 비운 대접을 받아 드는 여인도 저희에게 아씨아씨, 하며 굽실거리는 것이 퍽 유쾌하게 느끼어졌사외다.

3인은 본정의 목단 카페에 들어갔사외다. 두꺼운 나무문을 밀고 들어가자 찬란한 네온사인이 쏟아져 내렸고 입구에서 양장을 입은 묘령의 여자가 반갑게 고개를 돌렸다가 저희를 발견하고는 꼬나보았습니다. 예상보다 비좁은 카페에는 팔다리를 훤하게 드러내놓은 여급들이 빽빽이 의자에 앉거나 탁자에 비스듬히 기대서서 담배를 피우고 있었사외다. 카페 의자에 앉으려 할 때 눈치 빠른 여급 두 명이 다가와 저희를 쫓아냈습니다. 그 옆에 있는 백접, 낙원, 평화, 본정바 카페도 상황은 마찬가지였습니다. 카페 여급들은 용케 저희를 알아봤고 지배인 반또가 저희를 내쫓았습니다. 네온사인이 떨어지는 테이블 위에 올라앉아 다리를 꼬고 수심가를 부르는 카페의 여급들 숲에서 저희 3인은 어머니 옷을 훔쳐 입고 나온 햇병아리에 불과했사외다.

어쩔 수 없이 J 양의 지갑을 탈탈 털어 은좌 딴스홀에 들어갔습니다. 무허가 불법 딴스홀에서는 저희를 환대했사외다. 뽀이가 싹싹하게 웃으며 테이블을 지정해주고 곧바로 칼피스 석 잔을 가져다주었습니다. 저희가 출 수 있는 곡은 학교에서 배운 왈츠뿐이라 반시간이 지나야 한 곡 나오는 왈츠를 기다리기에는 지루했사외다. 그나마 J 양은 스윙재즈곡이 나오면 혼자 나가서 제법 흔들었지만 촬스톤 재즈 딴스곡이 나오면 중도에 슬그머니 나왔습니다. 촬스톤 딴스는 막대기 몸이라도 잘 추는 사람이 단연 돋보이는 딴스만을 위한 딴스였사외다. J 양이 몸과 외모로 밀어붙이려 해도 몸을 육감적으로 시원하게 뒤흔드는 딴스쟁이들을 따라잡을 수 없었습니다. 저희는 금세 시들해져 칼피스만 마시고 풀이 죽어 나오는데 신사 한 명이 따라 나섰사외다. 맥고모자를 쓴 그는 프록코트를 내려뜨려 입고 있었사외다.

그는 저희 3인 앞을 막아서곤 잠시 시간을 빌려달라고 호소했사옵니다. 긴 코트의 주머니에서 담배를 꺼내 불을 붙여 권했지만 3인은 모두 고개를 외로 꼬고 있었습니다. 그는 드라이브를 가자며 담 아래 차를 가리켰습니다.

"부디 어여쁜 꽃만 같은 그대들과 함께 드라이브할 기회를 주어요, 네?"

신사는 그 말을 남기곤 차를 향해 걸어갔습니다. 동시에 K 양이 너흰 빠져, 라 속삭이고 몸을 홱 돌렸사외다.

"기다리셔요."

K 양이 차 앞으로 쪼르륵 달려갔사외다. 신사가 차 앞에 멈춰 서 뒤를 돌아 모자를 들어 남은 저희 2인에게 인사를 하고 차에 올라탔습니다. 순식간에 K 양과 차는 눈앞에서 사라졌사외다. 그리하여 남겨진 J 양과 저는 본정 거리에서 혼부라만 실컷 했사외다. 오색등이 줄줄이 매달리고 카페마다 화려한 네온사인이 사납게 깜박거리고 영어와 일어가 뒤섞여 쓰인 간판은 저희를 이국의 어느 거리에 데려다 놓은 것 같았사외다. 저희

는 낯선 거리에서 무엇을 해야 할지 알 수 없는 서투른 노라였사외다.

거리에서는 모두 남녀 짝을 지어 어디론가 부지런히 갈 길을 갔습니다. 저희는 가스등이 환한 길을 벗어나 장식을 걷어낸 듯한 종로통을 힘없이 걸었나이다. 종로의 골목 모퉁이를 돌 때마다 뚜쟁이가 서 있었습니다. 여인들이 술에 취해 혼자 외로이 걷는 사내들을 조용히 불렀습니다. 참한 색시 있사요, 여학생인데 학비 벌이를 위해 최근에 왔사요, 나 어린 카페 여급 있사요. 그 말을 듣는 저희의 낯이 뜨거워졌사외다. 사내의 걸음을 멈추게 한 뚜쟁이는 사내의 팔에 들러붙어 그를 어둑한 골목 깊숙이 데리고 들어갔사외다. 그런 풍경을 보는 것은 벌어진 꽃잎처럼 환했던 가슴에 불 꺼진 석탄을 억지로 채워 넣는 듯 숨이 막히었습니다. 그렇게 저의 혼부라는 끝났사외다. 저의 혼부라 경험은 떨어지는 꽃잎처럼 쓸쓸했지만 K 양에게는 불을 품은 불새처럼 타올랐습니다.

그럼 이제, 우리 앞에서 봄날의 눈처럼 사라져버린 K 양에게 바통을 넘기겠사외다.

검은 틈

　아란은 사랑채, 각현당이 있는 작은 마당으로 들어갔다. 각
현당 끝에 덧붙은 누마루 아래에는 불두화가 탐스럽게 피었다.
아란은 누마루를 등지고 서 있다가 재빠르게 불두화 한 송이
를 꺾어 저고리 속에 품었다. 할아버지는 불두화가 부처의 머
리 형상이라며 유독 그 꽃을 꺾는 것을 보면 야단을 쳤다. 아란
은 조심스럽게 자박자박 걸었다. 걸을 때마다 저고리 속에서
흰 꽃이 후룩 떨어졌다. 나비를 수놓은 붉은 고무신 위로 꽃잎
이 떨어졌고 단단하게 다져놓은 붉은 흙 마당 위로 꽃길이 만
들어졌다. 아란은 각현당 끝에 덧붙은 누마루에서 할아버지를
도와주는 시간을 좋아했다. 검은 포도가 새겨진 벼룻돌을 잡고

묵직한 먹을 갈았다.

"먹 잡은 손에 힘을 빼라. 어떤 일은 힘만 준다고 되는 것이
아니니라."

모시 두루마기까지 갖춰 입고 누마루에 놓인 좌식탁자 앞에
앉은 할아버지는 매번 같은 말을 반복하곤 헛기침을 했다. 실
제로 손에 힘을 주면 먹은 거칠게 갈아졌고 붓 끝에 찌꺼기가
들러붙었다. 사향과 용뇌 냄새가 누마루에 은은하게 번질 때면
할아버지는 솜털이 일고 이끼가 박힌 태지를 꺼냈다. 오라기들
이 풀풀 묻어나는 태지는 마치 구름을 얇게 펼쳐놓으면 꼭 이
럴 것 같았다. 할아버지가 태지에 해서로 서신을 쓸 동안 아란
은 태지 봉투에 꽂이 질 때 말려놓은 꽃잎을 붙였다.

"탄내가 나는 것 같아요."

아란은 말린 철쭉 꽃잎을 코끝에 대고 냄새를 맡았다. 말린
철쭉꽃에서는 탄내가 났다. 잿물 냄새 같기도 했다.

"매운 성질을 가진 나무에서 핀 꽃이라 그런가. 아란도 저 꽃
처럼 어여쁘지만 매운 속성질을 품고 있는 듯해 걱정이니라."

"여자계도 변하지 않을까요? 전 집에서 살림하지 않을 테야
요. 할아버지, 저도 자라면 멀리 유학 보내주세요. 똑, 성공할

자신 있어요, 네?"

"여자가 흉측하게 집을 떠나 어찌 살려고. 여자는 고만 음전하고 정숙해야 하느니라."

"아이, 고리타분하신 말씀. 저는 무엇을 하든지 꼭 똑똑한 여성이 될래요."

"어찌 자라는지 꼭 보고 싶구나. 꽃인 줄만 알았더니 붉은 고추를 품고 있구나."

아란은 철쭉과 보랏빛 수국 말린 것 사이로 쑥 잎을 붙였다. 불두화 말린 작은 꽃잎을 별처럼 허공에 뿌려놓듯 붙였다. 할아버지는 서신을 담은 봉투에 붙여놓은 말린 꽃잎을 손으로 꾹꾹 눌렀다. 깊은 물속처럼 적요하고 정갈했던 누마루의 시간은 밤하늘의 별처럼 아득하게 멀게 느껴졌다. 이제 아란의 기억에만 남아 있었다.

아란의 집은 이천에서 진진사댁으로 유명했다. 이천의 드넓은 땅, 어디든 서서 바라보이는 논은 죄 아란의 할아버지 소유였다. 과거제의 폐지로 공부한 것을 써 먹을 기회를 얻지 못한 아란의 할아버지는 자식들 교육을 위해 논마지기를 떼어 팔아 서울로, 도쿄로 유학을 보냈다. 손에 흙을 묻혀보지 않고 자란 자식들은 할아버지만큼 건실하지도 않았고 정신력도 강하지 못했다. 토지조사 과정에서 도로를 만든다는 명분으로 총독부에서 고른 땅을 떼어 가고, 한성전기주식회사에서 논 가운데 전봇대를 세울 때 반항하던 할머니가 조사계 사무실에서 뒷목을 잡고 쓰러졌다.

큰아버지는 급변하는 현실을 직시하지 못하고 이상만 가득했고 들뜬 열정으로 예술세계에 빠졌다가 요절했다. 도쿄 미술대에서 서양화를 공부하였지만 온통 벌거벗은 나부만 그려 집안 어른들은 그림을 들여다볼 엄두도 내지 못했다. 그나마 그렸던 그림은 폐병으로 자리보전할 때 아궁이에 처넣었다. 어렸던 아란은 각현당 아궁이 앞에 몸을 떨며 웅크려 앉은 그의 마지막 모습과 독한 물감이 불에 타며 내던 냄새를 생생히 기억했다. 벌거벗은 여자들의 몸에 불이 붙었다가 몸이 오그라들며 지글지글 탔다. 그는 짚신을 신은 검은 발에 불이 옮겨붙은 줄도 모르고 앉아 있었다. 예술에 대한 이해가 바로 선 것은 아니었지만 예술을 스스로 판단해 모조리 태워버리는 심정을 이해 못 할 것도 없었다. 그렇지만 예술이란 불에 타는 독한 물감 냄새처럼 진한 슬픔이라는 생각이 몸에 스며들었다.

차남이었던 아란의 아버지는 배움과 일하는 것을 게을리 했고 결과만 크게 얻길 바랐다. 난분분 흩어지고 쪼개지던 논이 거덜 나는 것은 순식간이었다. 아란의 아버지는 공부를 마치기도 전에 도쿄에서 돌아와 경성의 양장기생 집에 기숙하며 살았다. 할아버지가 찾아내 데려와 농사일을 가르쳤지만 그는 땅을 일구는 일에 흥미가 없었다. 그의 취향이 고급스러웠고 백분 내 나는 기생의 치마폭에서 벗어날 수 없었다. 하루가 멀게 일거리를 만들어 경성 나들이를 다녔다. 아란의 막내 삼촌은 과학 사회주의에 빠져 금서를 읽다가 내막도 모르는 사건에 휘말려들었다. 일제 경찰에 잡혀 모진 고문에 사지가 뒤틀린 채 서대문 형무소에 수감되었다. 그를 만나고 돌아온 할아버지는 그길로 곡기를 끊고 사랑채에서 냉골 잠을 잤다.

초겨울 아침, 아란이 각현당 아궁이에 장작을 집어넣고 요강을 비우기 위해 문을 열었을 때 할아버지는 엎드린 채 죽어 있었다. 할아버지의 죽음으로 뒤늦게 정신을 차린 아란의 아버지는 묘 앞에 여막을 짓고 시묘 살이를 했다. 아란의 어머니가 13개월에 접어든 소상 때, 이제라도 정신을 차리고 집안을 돌보라고 했지만 그는 불효를 씻어내겠다는 결심으로 2년이 지나는 25개월째 대상을 치르고 있었다.

아란의 어머니는 옆으로 눕혀놓은 쌀독에 쌀이 간당간당해도 손님이 오면 흰쌀밥을 지어주고 아이들을 굶겼다. 혼자일 때도 허리를 꼿꼿이 세우고 앉았고 요강 안에 무명실을 넣어 문밖으로 소리가 나지 않도록 하였다. 체면과 신기독(愼基獨)을 제일로 여기던 그녀는 숨을 쉴 때마다 한숨을 내뱉었다. 물을 길러 갔다가 오지동이를 들어 올릴 때 밑이 빠졌고 이불이 시뻘겋게 물들 정도로 하혈을 했다. 요강을 쏟아낼 때마다 무명실에 덩어리 피가 엉겨 있었다. 약을 써볼 궁리도 안 하고 아란에게 두 명의 남동생을 부탁하는 서신을 남기고 친정이 있는 수원의 저수지에 치마를 뒤집어쓰고 빠져버렸다.

시묘 살이를 하던 아란의 아버지는 줄초상의 원인을 자기 탓으로 자책하다가 봇짐 하나를 챙겨 남쪽의 깊은 산으로 들어갔다. 그 후로 아란의 아버지를 본 사람은 아무도 없었다. 현재 아란은 서대문 형무소에서 출감한 막내 삼촌네 집에 두 남동생과 함께 얹혀사는 처지였다. 삼촌 내외는 자식이 없어 아란과 남동생들을 귀애했지만 양반 체면을 내세워 문밖으로 나가 벌이

를 할 궁리는 못 했다. 삼촌 내외는 앞면 4칸, 옆면 2칸에 팔작
기와를 얹은 각현당이 있는 사랑채와 안채를 제외한 별당과 행
랑채로 이어지는 마당, 밭, 집터를 나누어 팔았다. 그곳에 붉은
벽돌 2층 건물이 들어섰고 일본 헌병주재소가 되었다. 그러던
것이 사랑채와 안채마저 헐값에 팔아야 했다. 그 자리에는 의원
건물이 들어섰다. 그것도 모자라 선산의 못자리까지 팔아 정리
한 재산을 곶감 빼먹듯 야금야금 빼먹었다. 그나마도 이젠 빈
대꼬챙이만 남아 숙모는 이천 살던 사람이라면 무조건 찾아가
증조부 이름과 친분을 앞세워 돈과 쌀을 변통하러 다녔다. 막
내 삼촌은 뒤틀린 허벅다리뼈가 부러졌지만 손을 쓸 시기를 놓
쳤고 뼈 사이로 염증이 번져 살갗이 괴사되었다. 통증을 참느
라 목을 뒤틀었고 눈까지 뒤로 까뒤집혀 흰자위만 번득거렸다.
아란의 동생들은 삼촌과 마주 앉는 것조차 무서워했다.

숙모는 우연히 신문에서 목숨을 살리는 신통한 물 활명수,
라는 광고를 보았다.

"여보, 별을 따 왔어도 광고를 안 하면 모른다는 말이 맞지 뭐
유. 이것이 당신 병을 떨어뜨려 줄 것이야요."

숙모는 제 말에 스스로를 속이며 매일 활명수 한 병씩을 사다 삼촌에게 먹였다. 삼촌은 매일 활명수 한 병을 마셨지만 특이하게 톡 쏘는 맛에 마시는 순간만 잠깐 통증을 잊었다. 아란은 삼촌이 마시고 밖에 내놓은 활명수병을 들어 한 방울 떨어지는 것을 핥아 먹어본 적이 있었다. 혀에 닿은 달고 야릇한 맛이 생명을 연장시켜줄 것 같지 않았다. 오히려 쓴 한약이나 약초를 구하는 것이 나을 성싶었다.

그러한 불신이 있는 터에 정희 집에 갔다가 정희 어머니의 화장대에서 활명수병을 보았다. 정희는 아란에게 한 병 건네고 뚜껑을 똑 따곤 물 마시듯 마셨다. 활명수가 삼촌의 병을 고치지는 못했지만 그 사건으로 숙모는 뭔가를 찾아 알아내야 한다는 믿음이 생겼다. 약방 골목을 찾아다니며 숱한 약재를 사들여 달여 먹였다. 그러다 서소문정 골목에 발을 디밀게 되었다. 사람들은 그곳을 아편굴이라고 불렀다. 거기에서 구해 온 주사를 허벅지에 찌르면 삼촌은 사흘 정도는 마당으로 나오기도 했고 밤에 숙모의 몸을 끌어당길 힘도 생겼다.

숙모는 아편 구할 돈을 마련하기 위해 혈안이 되었다. 염치와 체면을 집어던지고 낙원동 여자소비조합에 가입해 외상으로 점포를 내어달라고 졸랐다. 서대문 밖 교남동 시장터에 자그마한 점포를 얻어 배추, 감자, 마른 미역줄거리, 채소 등속을 팔았다. 숙모는 번 돈의 대부분을 삼촌의 아편값에 썼다. 숙모가 점포를 비울 수 없어 아란이 약을 받으러 가야 했다.

주사국 집은 서소문정 골목, 중국인의 잡화상점과 요리점 뒤에 있었다. 중국 호떡집을 지나 뒷골목으로 발을 들여놓으면 값싼 백분 냄새를 풍기며 앉아 있는 중국 갈보와 몸에 힘이 풀려 주저앉은 아편쟁이들이 아란의 소매를 붙잡았다. 아란은 그들이 붙잡는 손길을 뿌리치고 노려보았다. 나무문에 주사국, 이라 버젓이 써놓은 곳의 문을 열면 백 살도 넘은 듯한 노파가 앉아 있었다. 흙을 털어낸 파뿌리처럼 흰 머리칼을 가진 노파는 조선인인지 중국인인지 알 수 없었다. 조선말도 중국말도 서툴게 했다. 사람들은 노파가 일본인과 중국인의 피가 반반씩 섞여 있다고 했다. 노파는 이를 죄다 까맣게 칠하고 입으로 휘파람 소리를 냈다.

노파는 굼뜬 태도로 천천히 아란을 올려다보며 입으로 바람을 불며 곁에 앉으라 했다. 아란은 검은 굴속 같은 방 안으로 들어가지 않고 쪽마루에 앉았다. 노파는 아란이 건네는 돈을 받아 천천히 셌다. 노파가 약을 가지러 가기 위해 방문을 열면 동굴 같은 방 안이 보였다. 가끔, 이불 위에 무명천을 입에 물고 파득거리는 여자가 누워 있었다. 다리를 벌리고 누운 여자의 가랑이 사이에서 흘러나온 핏물이 바닥을 적셨다. 포악한 짐승에게 하체를 뜯긴 채 누워 있는 듯한 여자의 눈에는 물이 고여 있었다. 아란은 눈을 감았다. 눈을 감아도 잊을 수 없는 장면은 선명하게 남았고 더 끔찍한 일들과 뒤엉켜 아란의 꿈속을 휘젓고 괴롭혔다. 여자가 노파의 발목을 잡았다. 살려주세요. 그러면 노파는 여자의 가랑이 아래를 들여다보곤 놋대야에 수북이 담긴 마른 풀에 불을 붙였다. 풀에서는 신경을 거스르는 기묘한 향내가 났다. 씨를 떼어내는 것이 그리 쉬울 줄 알았어, 거진 다 되었네. 노파는 방문을 닫기 전에 아란을 돌아다보고 검은 이빨을 드러내며 웃었다. 노파는 매번 다른 이들에 비해 헐값으로 준다는 말을 하며 아란에게 자기 밑으로 들어와 자신의 일을 도와달라고 말했다. 아란은 쪽마루에서 발딱 일어나 통치마의 치맛단을 탁탁, 털었다. 노파가 내미는 주삿바늘과 약을 재빨리 받아 가방 속에 넣고 어둡고 음습한 골목을 나올 때마다 다리가 후들거렸다. 아란이 집으로 돌아온 기척에 삼촌은 온 힘을 다해 방문을 열었다. 삼촌은 벌벌 떨리는 손으로 허벅다리에 주사기를 꽂았다. 얇은 기름 거죽과 누런 고름 사이로 검은 뼈가 드러났다.

아란은 고개를 돌리지 않고 그 검은 틈을 바라보았다. 삼촌에게는 삶을 살아갈 버팀목이 없었고 디딜 바닥도 없었다. 바닥조차 없는 그에게 진물 나는 상처만 남았다. 굵은소금에 저며진 미역줄기처럼 바싹 마른 숙모에게선 채소 썩는 냄새가 났다. 검은 채소 줄기가 들러붙은 앞치마를 한 숙모는 컴컴한 밤이 되어야 돌아왔다. 푸성귀며 생선 토막을 싼 신문지를 내려놓고 쪽마루에 앉아 양푼을 붙잡고 늦은 저녁을 퍼먹었다. 두세 숟가락을 연거푸 퍼 넣고 꿀떡, 삼키며 치마를 들춰내 속곳 사이에서 꺼낸 지전을 셌다. 물 대접을 가져온 아란을 보면 엉덩이 밑에 돈을 깔아 넣고 대접의 물을 들이켰다. 나라도, 가문도 버팀목이 되어줄 수 없을 때, 사람들은 악착같이 돈에 매달렸다. 숙모에겐 속곳에 숨겨놓는 돈이 가장 든든한 바닥이었고 버팀목이었다. 삼촌은 통증이 엷어지면 술을 찾았다. 늘 똑같은 수순으로 이뤄지는 검은 틈에서 벗어나는 길은 삼촌에게 약을 구해주지 않아 통증을 이기지 못해 스스로 자멸하기를 기다리는 것. 그것이 아니면 늘 약에 취해 있도록 큰돈을 버는 것이었다. 아란은 뒤란의 장독대 돌계단에 웅크리고 앉았다. 장독대 그림자에 파묻혀 있는 불두화를 보았다. 할아버지가 죽었을 때, 아란은 할아버지의 혼이 불두화에 스며들었을 것이라 여겼다. 아란의 시선이 닿자 불두화가 천천히 바람에 흔들렸다.

"오늘 하루만, 오늘 하루만 울자."

아란은 탐스럽게 핀 불두화 줄기를 확, 움켜잡았다. 그 바람에 작고 여린 꽃잎이 후룩, 떨어졌다.

회의

경성 사립 J여자고등보통학교 교장실 둥근 탁자에 다섯 명의 사람이 모여 앉았다. J여자고등보 교장과 학생 선도부 선생, 조선총독부 경무국 도서과 직원, 일본 경찰 고등계 형사, J여자고등보 3학년 졸업반 진아란 학생의 담당 선생이었다. 졸업을 두 달 앞두고 졸업 사정회의도 끝난 시점이었다. 둥근 목제 탁자 가운데에는 알록달록한 선정적인 표지가 눈살을 찌푸리게 만드는 문제의 책 다섯 권이 놓여 있었다. 책은 딱지본으로 제목은 '연애 독본'이었고 지은이는 유리, 라고 적혀 있었다. 『연애 독본』의 출간일은 11월 2일이라 적혀 있었다. 책은 출간된지 한 달여 만에 만 부 이상 팔린 것으로 추정되었다.

표지는 청동 테두리 거울 속에 남녀가 그려져 있었다. 빨간 색의 소매 없는 원피스를 입은 여자를 양복을 입은 남자가 뒤에서 안고 있었다. 여자의 원피스 한쪽이 밑으로 내려와 앙상한 어깨와 풍만하지 않은 빈약한 가슴이 드러났고 뒤에 서 있는 남자의 손이 가슴을 움켜쥐고 있었다. 짙은 화장을 한 여자의 표정은 황홀해 보였고 붉게 칠한 입술이 벌어져 있었다. 짙은 화장을 했지만 어쩐지 여자는 꽤 어린 티가 났다. 총천연색의 파격적인 표지와 연애 독본, 옆에 적힌 첫 경험기, 라는 소제목은 단박에 시선을 잡았고 동시에 말초신경을 자극했다.

머리를 시원하게 단발한 젊은 선생이 테이블 위에 흩어져 있는 책을 가지런히 모아놓고 두 손을 무릎에 올리고 고개를 숙였다.

"진아란 학생의 담당 선생인 박수진입니다."

교장은 헛기침을 하며 앞에 놓인 물 잔을 들어 물을 들이켰다. 교장은 어제 경찰이 학교로 들이닥쳐 두고 간 『연애 독본』을 집으로 가자마자 읽으며 열이 달아올라 찬물을 두세 대접이나 들이켰다.

"진아란 학생은 저희 학교에서 성적도 우수하고 모범생입니다. 졸업이 당장 코앞이니 경고나 문책으로 끝내는 것이."

"이것 보시오, 여선생. 풍기문란죄, 음란죄, 불법유통 판매에 가담한 죄. 더 붙이자면 끝도 없겠지만 일단 이 학생의 주소를 알려주시오."

카이젤수염을 만지작거리던 형사는 여선생의 말이 끝나기도 전에 가지런히 정리해놓은 책을 다시 쭈욱 펼쳤다. 여선생은 제가 죄를 지은 듯 어깨를 웅크렸다.

"소설을 읽어보았소? 이 책이 지금 경성 시내에서 한 달 만에 만 부가 넘게 팔렸소. 음탕하고 타락한 소녀들의 경험기로 자라나는 처녀들이 모두 타락하도록 두고 보는 것이 선생으로서 할 태도요?"

"소설은 읽어보았습니다만. 진아란 학생이 썼을 것이라는 확신이 서질 않았습니다. 뭔가, 오해가 있을 것입니다."

사실 아란의 담당 선생, 박수진은 어제 퇴근 전에 교장이 던져준 책을 교무국의 제 자리에 앉자마자 숨도 쉬지 않고 모조리 읽었다. 첫 시작부터 두 페이지를 읽었을 때, 아란이 썼다는 것을 알아차렸다. 게다가 선생님께 거짓말을 하고 혼부라를 즐긴 친구 J 양과 K 양도 누구인지 짐작이 갔다. 봄에 평소 친분이 두터웠던 세 명의 여학생이 조퇴서를 작성해달라고 했다. 세 명 모두 모범 학생들이었고 특히, 두 명의 여학생은 성적도 1, 2호를 하던 학생이었다. 그녀는 속으로 그래, 청춘을 아끼지 말고 즐겨라, 하며 흔쾌히 허락해주었다.

박수진은 소설에 등장한 여학생들의 당돌한 행동에 놀랐지만 요즘 그런 일이 수두룩했다. 여학생이 서투르게 돈벌이를 위해 학교를 중퇴하고 데파트와 카페 여급으로 취업하는 일이 흔했다. 권번의 기생만 해도 13, 14세부터 권번에 들어가 기예를 익혀 14, 15세에 머리를 올리는 것은 관례였다. 무엇보다 그녀는 아란의 글솜씨에 놀랐다. 실제 경험이었다면 묘사와 전달 수법이 뛰어났고, 거짓 경험을 만들어낸 것이라면 뛰어난 상상력에 박수를 쳐주고 싶었다. 박수진은 오히려 아란의 글솜씨를 더 키워주고 싶었다.

"학생 집 주소를 알려주시오. 오늘 결석을 했다지 않았소? 직접 찾아가 조사해보겠소."

"내일 다시 학교로 오시는 것이 마땅할 것 같습니다. 내일은 졸업식 예비 연습을 하는 날이고 진아란 학생이 졸업생 대표

연설 연습을 하기로 약조되어 있으니 꼭 올 것입니다."

경무국 직원이 몸을 여선생 쪽으로 내밀며 단호한 목소리로 말했다.

"이보시오. 그 어린 여학생을 어쩌려는 것은 아니오. 우린 이 딱지본을 찍어낸 출판국과 다른 딱지본 저자, 한제국을 찾아내려는 것이 목표요. 그 학생은 알고 있을 터이니깐 물어보려는 것뿐이오. 그러니 얼른 학생의 주소를 주시오."

여선생은 경찰과 경무국 직원이 오기 전에 임시로 작성해놓은 학생부 기록장을 넘겨 펼쳐 보였다.

"주소는 이 기숙옥이었는데 여의치 않아 지난달 옮긴 것으로 알고 있습니다. 원래 이천이 향촌이고 본가가 있었으나 지금은 헐려 헌병주재소 건물이 되었다 들었습니다."

"하여간 여관 주소와 이천 주소를 주시오."

담당 선생은 수첩 뒷장을 뜯어 여관 주소와 아란의 이천집 주소를 적어 경무국 직원에게 주었다.

"유리, 라는 저자가 따로 있는 것 아닐까요? 저는 진아란이라는 확신이 들지 않습니다."

경무국 직원이 테이블 위에서 책 한 권을 집어 들고 책갈피를 훑었다.

"유리라는 이름은 가짜요. 한제국이란 이름도 가짜일 것이오. 조상에게 물려받은 성과 이름을 갈아치우는 그런 수법, 조선인들은 흔히들 하더군."

선생은 일본 경찰의 가시 돋친 말에 반박을 하고 싶었다. 강제적인 창씨개명 이전에는 없었던 일이라고, 일제의 강제 합방이 원인이라고 말하려다 입술 끝을 깨물며 억지로 삼켰다. 테이블 아래에서 교장 선생님이 발로 선생의 발등을 지그시 눌렀다. 형사는 선생의 얼굴 표정이 변하는 것을 보며 카이젤수염을 쓰다듬으며 웃었다. 그리고 몸을 일으켜 선생의 뒤로 가 섰다. 선생의 목덜미는 높은 동정 깃에 가려 보이질 않았다. 기모노와 달리 한복 저고리는 여자의 뒷목덜미를 가려버렸다. 형사는 선생의 목덜미를 휘어잡고 싶은 충동을 누르며 여선생의 어깨에 손을 올리고 꾹 눌렀다.

"선생, 어제 몇 명 학생들을 조사해 알아본 결과 진아란 학생은 평소 구락부를 결성해 여학생들끼리 주고받는 서신을 손수 묶기도 하고, 소설 비슷한 것도 써 큰 인기를 누렸다는 말을 들었소."

형사의 말에 새파랗게 질린 여선생의 얼굴을 보며 경무국 직원 또한 말을 보탰다.

"최경숙이라는 학생이 선생의 제자가 아니오? 진아란 학생의 동무 말이오."

딱지본이라 불리는 납활자로 대량 생산된 소설책은 조선총독부 경무국에 검열 신청도 하지 않았고 서점 판매를 거치지 않았고 행상들에 의해 장터에서 팔렸다. 사륙판 크기로 한글로 내려 썼고 가격은 6전이었다. 서점에서 판매하는 정식 단행본이 30전, 40전인 가격에 비하면 턱없이 저렴했지만 작년에 출간된 딱지본『춘향전』은 작년 한 해에만 7만 부가, 『심청전』은 6만 부가 팔렸다. 신의주 압록강변에 있는 왕자제지주식회사 직공들이 수차례 파업을 해 제지공장의 운영난으로 출판계는 용지가 부족했다. 경무국에서는 종이 부족을 핑계 삼아 검열을 더욱 강화했고 종이 배급에 까다롭게 굴었다. 딱지본은 갱지였음에도 잘 팔렸다. 딱지본 애독자 중의 한 부류가 본정의 카페 여급들이었다. 여급들은 카페에서 겨드랑이에 책을 끼우고 있었고 노점에서 국수를 파는 여인들은 밀가루 포대 옆에 책을 담은 포대를 두고 국수 한 그릇과 책 한 권을 주고 12전을 받았다. 경무국 직원은 검열 신청도 안 하는 딱지본 때문에 골치 아파했던 터였다.

총독부 경무국에서 경찰에 수사를 의뢰했지만 경찰들은 세금을 내지 않는 값싼 책이 잘 팔린다는 이유만으로 수사를 하기에는 인력 부족이라 판단했다. 그러다 『고등형사 미와』라는 딱지본을 찾아낸 경무국에서 책을 종로경찰서장에게 건네주었다. 일본의 경찰 미와가 독립운동을 하는 사람들을 잡아 잔인하게 고문을 했다. 독립운동가뿐만 아니라 내선 일체에 협력하지 않는 사람에게 억울한 누명을 뒤집어씌웠고 재력가를 협박해 강제 기부를 받아냈다. 그러던 미와 형사가 권번 기생에게 빠졌다가 기생의 칼에 맞아 죽었다는 내용이었다. 고문의 방법도 잔인했지만 홀딱 벗겨진 채 기생의 칼에 찔리는 마지막 장면은 다섯 페이지나 묘사해 잔혹했지만 소설을 읽는 조선인들은 통렬한 기쁨을 누렸다. 딱지본을 고등경찰이 읽었고 실제로 미와, 라는 고등형사가 불같이 화를 내며 수사 전담반을 만들었다. 전담반이 올가을에 또 찾아낸 딱지본이 『경성의 영웅, 트로이카』였다.

『경성의 영웅, 트로이카』는 경성에서 독립운동을 하는 세 명 인물 A, B, C가 변장을 하여 1935년 1월 27일 하루 동안 펼치는 활약을 써놓은 소설이었다. 음력설을 일주일 앞둔 저녁, 화신백화점에 불이 났다. 불은 서관에서 동관으로 옮겨붙었다. 불길을 보고 시민들이 불을 구경하러 몰려들었고 경찰만으로 통제가 되지 않아 헌병까지 투입되었다. 그 시각, 총독부에 일본 경찰 제복을 입고 찾아간 A는 총독부 경무국장을 살해했다. 불구경을 나온 서민 틈에 서 있던 B는 경찰을 지휘하는 경찰서장의 등을 찔렀다. C는 카밀 호텔에서 연예인과 밀회를 즐기던 일본인 선박회사 사장을 죽였다. A, B, C는 각자 계획했던 임무를 완수하고 각자 변장을 한 채 명월관에서 만나 저녁을 먹었다.

실제로 화신백화점의 화재 사건이 있던 날, 카밀 호텔에서 일본인 선박회사 사장이 살해되었다. 경찰은 이재유, 이현상, 김삼룡을 주축으로 한 사회주의 단체를 조사하고 있던 참이었다. 트로이카 세 명을 중심으로 노동운동과 학생운동이 들불처럼 번지고 있었다. 실제 트로이카의 활약과 딱지본 속의 트로이카 얘기가 뒤섞여 총독부 경무국장이 살해당했다는 괴소문까지 번졌다. 트로이카의 활약을 적은 무가지가 종로서 마당을 나뒹굴 정도였다. 그제야 딱지본의 파급 효과를 파악한 경찰은 종로통의 박문서관, 영창서관, 영풍서관, 덕흥서림을 기습적으로 쳐들어갔다. 의심되는 딱지본과 비슷한 유의 『심청전』, 『춘향전』, 『추월색』은 있었지만 『고등형사 미와』와 『경성의 영웅, 트로이카』는 찾을 수 없었다. 경찰은 박문서관 이하의 출판국에서 결정적인 증거를 잡지 못했지만 어떻게든 엮어보려고 애를 쓰고 있었다. 조선총독부 경무국 직원도 박문서관이 무척 의심되었지만 결정적인 증거를 잡지 못해 안달이 났다. 그는 설사하는 사람이 변소 드나들듯 박문서관에 불시에 찾아갔다.

그날도 그는 낙원회관을 지나 탑골공원으로 걸어가며 노점 잡화점을 눈여겨보다가 국수값을 치르고 책 한 권을 받아 가는 사람을 목격했다. 과연 밀가루 포대 옆에 딱지본이 가득 담긴 포대가 세워져 있었다. 『고등형사 미와』와 『경성의 영웅, 트로이카』는 아니었지만 딱지본을 만들어낸 기술이 비슷해 같은 출판국에서 찍어낸 듯한 『연애 독본』을 압수했다. 세 권 딱지본은 표지에 그려진 인물을 같은 화풍으로 그렸고, 제목을 적은 필체가 똑같았다. 직원은 총독부로 돌아가 오후 반나절 만에 책을 읽었고 그것을 종로경찰서 고등계 형사에게 줬다. 공식적으로는 에로와 그로가 사회를 타락시킬 수 있으니 풍기문란죄로 딱지본을 찍어낸 출판국과 저자를 찾아달라고 협조 공문을 보냈지만 실질적으로 세 권의 딱지본을 출판한 출판국과 『고등형사 미와』와 『경성의 영웅, 트로이카』의 저자, 한제국을 찾아내기 위한 것이었다.

일본 경찰 고등계 형사 야나기 상은 조선어로 된 책이라면 질색을 했기에 총독부 경무국 도서과 직원이 가져다준 딱지본을 읽지 않았다. 『고등형사 미와』와 『경성의 영웅, 트로이카』도 줄거리만 들었다. 그런데 『연애 독본』 딱지본의 표지와 첫 경험기, 라는 소제목이 야릇하게 그를 사로잡았다. 그는 한국어에 능통한 직원을 불러 일어로 번역해 타이핑할 것을 지시했다. 『연애 독본』은 경성 시내에 봄 들판의 민들레처럼 퍼져 있었다. 그는 경무국 직원과는 달리 이 딱지본의 저자를 찾아내려는 목적이 따로 있었다. 자세하게 묘사된 것을 봤을 때 분명, 여성이었다. 얼핏 읽었을 때는 열일곱 살 소녀가 성을 깨우쳐 가는 심정을 쓴 것이지만 순정한 처녀라면 이렇게 적나라하게 표현할 수 없을 것이라는 생각이 들었다. 순정한 처녀이든 아니든 그는 유리, 라는 필명의 저자를 찾아내 자신이 취할 음흉한 계획을 세웠다. 소설이 실제의 얘기라면 거기에 나오는 세 명의 여학생을 차례차례 품어보고 싶었다. 특히, 남자들이 앙칼진 성격을 모른 척 속아버리고 싶을 정도로 아름답다는 첩의 딸, J 양을 품고 싶었다. 연하늘색 소매 없는 세일러 원피스를 입고 있는 J 양을 찾아내고 싶어 그는 몸이 달아올랐다.

야나기 형사보다 먼저 경무국 직원이 저자를 우연히 알게 되었다. 경무국 직원은 본정에 있는 카페의 단골이었다. 그는 조선인이건 조선에 머물고 있는 일본 내지인이건 모든 남자들이 찬양하는 명월관 출입을 좋아하지 않았다. 본토에 있는 노모에게 생활비를 부쳐야 했기에 돈을 아껴야 하는 마음도 있었지만 한 상 가득 술과 음식을 차려놓고 취기가 오를 때까지 기생의 가무를 지켜보기엔 시간이 아까웠다. 또한 그는 쉽게 흥분하여 금세 욕정이 가라앉는 통에 요릿집 기생의 가무가 끝난 후에는 늘 기진맥진해 욕구 분출할 시기를 번번이 놓쳤다.

그는 본정에만 70여 곳이 넘는 카페 순례하는 것을 즐겼다. 요릿집과 기생을 부르는 비용에 비해 10분의 1 정도의 돈만 지불하면 되었다. 흥분이 꽉 찼을 때는 카페 뒤에 연결된 좁은 다다미방에서 곧바로 욕구를 해소하고 시원한 아사히 맥주 한 잔마시고 일찍 집으로 돌아가 조선어로 된 소설책을 읽는 것이 그의 낙이었다. 정제된 소금처럼 깔끔한 서정의 일본 소설에 비하면 조선인의 소설에는 살쾡이 같은 야성적인 기운이 넘쳐났다. 그는 그 야성적인 기운에 매료되었다.

그는 카페 엔젤에 들어가 백여 명의 대기 중인 여급 중 한 명을 지목했다. 여급은 겨드랑이 사이에 책을 끼우고 붉은 등이 달려 있는 좁은 테이블에 앉았다. 그녀의 겨드랑이에서 책을 빼보니 딱지본 『연애 독본』이었다. 순간 그는 오후의 경무국 사무실에서 읽었던 소설 내용이 떠올랐다. 그는 여급의 손에 3원을 쥐여주고 그녀를 데리고 카페 뒷문으로 연결된 다다미방으로 갔다. 거울 앞에 그녀를 세우고 뒤에서 안았다. 여급은 깔깔거리며 웃으며 책표지를 거울 앞에 댔다. 그리고 툭, 내뱉었다.

"이 소설, 제 친구가 썼어요. 저 이래 봬도 사립고등보에 다니던 여학생이었어요."

칡넝쿨처럼 파고드는

사랑은 소낙비처럼 들이닥쳤소. 다리가 젖은 후에야 알아차렸소. 느닷없이 광풍에 날려온 기왓장이 머리에 확, 떨어졌소. 순전히 우연이오. 우연이었지만 그 감각은 짐승의 껍질을 벗겨내고 펄떡거리는 내장을 보는 것처럼 생생했소. 고 형, 그 야만적인 감정 앞에서 어떻게 처신해야 할지 진정 모르겠소.

그날, 태평로를 지나 서소문로로 들어가며 나는 차를 세우고 창문을 닫았다. 밀폐된 공간의 후텁지근한 공기보다 중국인 거리에서 나오는 기름 냄새에 비위가 상했다. 매번 그 길을 지날 때면 수상한 냄새에 신물이 올라왔다. 들리는 소문에는 벌집

처럼 한데 뭉쳐진 골목 사이사이로 아편국이 성행한다고 했다. 실수로라도 그곳에 발을 들이밀면 아편에 취하거나 화류병에 걸리거나 혹은 중국 갈보의 칼침을 맞아 죽어야만 발을 빼서 나올 수 있다고 했다. 또, 아편에 중독된 아비에게 주사를 주고 그 값으로 어린 계집아이를 잡아 와 인천을 통해 중국으로 팔아버린다는 소문도 있었다. 손을 뻗어 창문을 말아 올리고 차를 출발하려다 나도 모르게 오른쪽으로 돌아보았다. 음습하고 퇴락한 골목에서 흰 저고리를 입은 여학생이 걸어 나왔다.

"관계없다고요."

여학생의 앙칼진 목소리는 히야카시 하는 사내들과 갈보들을 멈칫거리게 만들었다. 노려보는 솜씨가 잘 벼린 창 같았지만 발목 양말을 신고 검은 목구두를 신은 발은 걸음을 헛디딜 정도로 후들거렸다. 나는 여학생을 알아봤고 동시에 차에서 내렸다. 바로 뒤로 가 어깨를 잡자 여학생은 내 손을 휙 뿌리치며 뒤돌아보았다.

"며칠 전, 미쓰코시에서 만났던 학생 아닌가? 여학생이 어두워져가는 시각에 이런 골목에서 서성거리다 큰일 당하지."

여학생은 나를 알아본 후, 그 자리에 풀썩, 주저앉았다. 당황한 나는 여학생의 팔을 잡아 일으켜 차로 데려갔다. 자동차 문을 열어주자 여학생은 진정이 되었는지 조수석에 앉았다. 여학생의 이름을 떠올려보았다. 미쓰코시 옥상정원에서 담뱃갑을 가져간 학생이 아란, 이라 불렸던 것이 생각났다. 그 이름이 떠오른 것이 신기했다.

"기억나요, 미스터 스트라이크."

"스트라이크?"

그날 준 담배 이름을 떠올리고 나는 웃으며 차를 출발시켰다. 여학생이 어디로 가는 길이었는지 몰랐지만 저녁 시간이었고 마침, 혼자 수진동 국밥집에서 간단히 해장국을 먹을 요량이었는데 불현듯 한 상 차려 내오는 밥집이 생각났다.

"아, 저희들끼리 갖다 붙인 거예요."

"끽다점이나 카페에 들락거리는 여학생으로 여겼는데 처음 본 나에게 애칭까지 붙여줬다니, 그거, 참 고마운 일이군."

"카페에 들락거리지 않아요. 그날 처음 옥상정원에 가봤기에 특별히 기억하는 것뿐이에요."

광화문을 지나쳐 종로통의 한양택시주식회사 뒷골목으로 들어가 장원의 마당에 차를 세웠다. 나는 밥을 먹자고 말하며 차에서 내려 조수석의 문을 열어주었다. 여학생은 차에서 내려 주위를 두리번거리다 걸음을 멈췄다.

"저는 전차를 타고 집으로 돌아가겠습니다. 신세 많았습니다."

나는 담뱃갑에서 담배를 빼다 땅에 떨어뜨렸다. 고개를 숙이고 인사를 하던 아란이 땅에 떨어진 담배를 줍기 위해 몸을 숙였다. 어스름한 저녁의 공기 사이로 여학생의 저고리 동정과 깃이 깊이 패어 가슴골이 보였다. 머리카락에서 흘러나오는 향기가 슬며시 날렸다. 풀 비린내처럼 애틋했다. 여린 목을 손으로 비비면 손에 녹색 물이 묻을 것 같았다. 순간, 머릿속이 하얘졌다. 어떻게든 아란을 붙잡아두고 싶었다.

"집이 어디지?"

"마포나루 근처예요. 삼촌 댁에서 기숙하는 형편이에요."

"그럼, 전차를 타고 걸어갈 시간 동안 저녁 먹고 얼른 태워다주지."

아란은 아랫입술을 깨물며 서 있다가 식당 안채에서 생선 굽는 냄새가 나자 고개를 돌리고 나를 따라왔다. 신통하게도 나는 생선이 불에 타는 냄새 속에서 풀 비린내 같은 아란의 냄새를 구별할 수 있었다. 주인에게 별채로 상을 차려달라고 했다. 밥보다 독한 술 한 잔이 간절했지만 술기운에 서툰 욕망을 내 비치게 될 것 같아 참았다. 차라리 욕망이라면 안간힘을 써서 참을 수 있지만 충동에 휘둘리게 될 것이 두려웠다. 그런 점에 서 욕망보다는 충동이 다스리기 까다롭기로는 한 수 위였다. 아란은 차려 내온 상을 보고 놀라는 눈치였다.

"순식간에 이렇게 큰 상을 차려 내온 솜씨에 놀랐어요."

"원래, 이런 식당에서는 미리 손님 맞을 준비를 해두는 거 야."

아란은 바싹 구운 생선의 살을 발라 밥 위에 올려 먹었다. 예 의상 젓가락을 나물에 댔다가 곧바로 옆구리 살이 도독한 조기 로 옮겨 갔다. 내 몫으로 나온 조기를 아란 앞으로 밀어놓았다. 아란은 사양하는 시늉도 없이 날름 조기의 옆구리를 헤쳤다. 어느 정도 그릇을 비운 후에도 쉬이 젓가락을 내려놓지 못하고 깨작거리며 젓갈을 집어 먹었다.

"생선을 좋아하는군. 그래, 어떤 연유로 그 골목에서 나왔는 지 들어볼까?"

"말하고 싶지 않아요. 의무적인 것은 아니잖아요."

"그렇지만 밥값은 해야지. 내 의문을 풀어줘봐."

"그럴 권리는 없어요. 어차피 스치듯 한 번 만났고 더는 만날 일도 없으니깐."

나는 보았다, 그 눈동자를. 참나무 숯처럼 검은 눈동자는 내 혼을 깊숙이 빨아들일 것 같았다. 내 넋이 그 넋에 닿았다. 생각할 겨를도 없었다. 나는 그 눈동자, 무엇보다 커다란 슬픔을 품고 있는 듯한 묵직한 얼굴 표정, 단단하게 여물지 않은 어린 뼈에까지 매료되었다. 어떤 방식으로든 다시 만날 구실이 필요했다.

"그건 장담할 수 없지. 그날, 내 담배를 가져간 여학생의 말로 는 이야기를 썼다고 하지 않았나?"

아란의 뺨이 순식간에 붉어졌다. 동백 꽃잎을 오려 붙인 것 처럼 붉어진 뺨을 나는 최면에 걸린 듯 바라보았다.

"엿들으셨군요? 비웃고 계신 건가요?"

"그럴 리가. 관심이 많아서 얘기를 꺼낸 것이야. 그날 나와 같 이 있었던 자가 출판국을 운영하는 친구거든."

"아, 미스터 로이드. 책에 무언가 낙서하던 분 말이죠? 출간 된 책은 아닌 것 같았어요."

"그 친구는 퍽이나 인텔리적으로 여겨졌나 보군. 대단하군, 스치듯 한 번 만난 사람의 인상을 그리 정확히 기억하고 있다니."

나는 아란이 고 형에 대해 말할 때 윤이 나는 눈을 보며 쇠줄이 창자를 콕콕 찌르는 느낌을 받았다. 쇠줄이 갈비뼈 사이를 비집고 들어와 숨이 막혔다.

사랑은 어디에서 시작되는지 아시오? 도대체 사랑이라고 부르는 감정은 어떤 것이오. 어쩌면 나는 어린 소녀를 취하고 싶은 욕망과 사랑을 혼동하고 있을지도 모르오. 욕망과 사랑이 구분된다면 나는 차라리 욕망이길 바라오. 그러면 이렇게 내장이 헤쳐진 듯한 느낌은 안 들 것 같소. 고 형, 이것은 독한 함정이고 인생 최대의 위기요.

나는 일곱 살 장남과 네 살의 여아를 둔 집의 가장이었다. 아내와는 조혼이었고 정략결혼이었지만 혼인 후 함께 도쿄로 건너가 유학을 하고 돌아왔다. 폭발적인 감정은 없었지만 서로 아껴주고 여러 일을 같이 의논하고 대화했고 부부 사이에 틈이 벌어지지 않았다. 조혼의 폐습이나 중첩, 본처의 패악, 부부 사이의 권태란 말은 우리 부부와 거리가 먼 단어였다. 아내는 농담 삼아 당신도 시앗을 얻어보시구려, 중첩을 해보려우, 어찌 안 하누, 했지만 초조한 기색도 없었다. 사랑이 뭔지 따지려 들지도 않았고 그저 이런 것이 행복이려니, 사랑이려니 믿고 살았다. 믿어왔던 것들이 한순간에 어그러졌다.

아란의 삼촌 집은 마포나루로 들어가는 초입, 양화진에 다닥다닥 붙어 있는 초가집 마을에 있었다. 이엉을 새로 올린 지가 한참이나 되는지 색이 짙어지고 말라비틀어진 지푸라기가 납작 가라앉아 있어 휙, 바람이 불면 한꺼번에 후룩 날아갈 듯했다. 아란은 제 마을이 보이자마자 차 손잡이를 잡고 내릴 채비를 했다. 차를 세우고 아란의 팔꿈치를 잡았다. 놀란 듯 돌아보는 얼굴을 쓰다듬고 싶은 충동을 누르며 수첩을 꺼내 고 형의 출판국 약도를 그려주었다.

"어디 실력이 얼마나 대단한지 궁금하군."

"거야, 출판국 선생님의 밝은 눈에 콕 박혀야지요."

"그때의 자신만만했던 태도는 사라졌군."

"덕분에 희망으로 가슴이 터질 듯해요. 얼른 깨끗이 정서해

보겠습니다."

"이틀 후, 오후 네시, 시간 맞춰 가도록."

아란은 낱장의 종이를 귀중한 보물처럼 손에 말아 쥐고 차에서 내려 고개를 허리까지 숙여 인사하고 뛰어갔다.

고 형, 도대체 사랑이 무엇이오? 어제까지만 해도 아무렇지도 않았던 가슴을 이렇게 후벼 팔 수 있소? 겨우 세 시간을 같이 있었던 계집애 때문에 쩔쩔매고 있는 상황을 어떻게 받아들여야 할지 혼란스럽소. 그 애는 나보다 열두 살이나 어리오. 아직 벌어지지도 않은 꽃잎을 욕망하는 괴상한 정신 상태, 감정이 낯설고 두렵소. 그럼에도 하얘진 머릿속으로 계속 그 애를 곁에 붙잡아두고 싶은 생각뿐이오. 함께 있었던 세 시간을 위해 천년 동안 기다려온 듯하오. 아니 내가 모르는 전생에 천년을 같이했던 사이인 것 같소. 몸 안의 모든 피들이 생생하게 날뛰는 야만적인 감각이오. 고 형, 나는 두렵소.

고 형에게 보내려던 엽서들을 다시 꺼내 읽었다. 부끄러운 줄 모르는 글씨들을 노려보다 엽서를 찢어버렸다. 마포 강나루

쪽으로 차를 돌려 강 앞에 차를 세우고 담배 한 개비를 피웠다. 아란이 앉았던 자리를 손으로 더듬어보았다. 아란은 대문 없는 흙담 아래서 뒤를 돌아 고개를 숙여 인사하고 고맙습니다, 라는 입 모양을 해 보였다. 그 입 모양을 바라보다 나는 달려 나가 와락 품에 안고 싶었다. 목덜미에 코를 대고 문지르고 싶었다. 이 낯선 욕망과 무서운 충동을 어떻게 해석해야 할지 모른 채 빠르게 집으로 차를 몰았다.

집으로 들어가자마자 잠자는 아이들 머리맡에서 버선을 깁고 있는 아내를 일으켜 안방으로 데리고 왔다. 영문도 모른 채 따라온 아내의 옷을 성급히 벗겼다. 머릿속에 새하얗게 비어 있는 공간에 꽉 차 있는 아란의 존재를 몰아내기 위해 아내의 몸을 핥고 거칠게 파고들었다. 파고들수록 앙상한 뼈가 도드라진 무릎을 구부리고 담배를 줍기 위해 몸을 숙였을 때 꽃잎 속처럼 벌어졌던 가슴골이 떠올랐다. 미쓰코시 옥상정원에서 권번의 기생이나 될까 봐, 『상록수』보다 잘난 소설을 쓸 자신이 있어, 라고 말하던 당돌한 입술과 참숯처럼 새까맣던 눈동자가 떠올랐다. 미쓰코시의 옥상정원에서 봤을 때, 이미 나는 아란이라는 함정에 혼이 빠져버렸던 거였다. 아내의 몸 위로 쓰러지자 아내가 암고양이처럼 숨을 가르랑거리며 내 목덜미에 더운 입김을 내뿜었다.

"여보, 어째 다시 호랑이로 변하였소? 아직도 가슴이 벌렁거려요."

눈을 감았다. 누군가 쿵쿵거리는 가슴을 쇠망치로 툭툭 쳐대는 것 같았다. 아내를 옆으로 밀치고 신경질적으로 몸을 일으켰다.

『연애 독본』—K 양의 첫 경험기

저는 A 양을 부러워하는 속마음이 참으로 강합니다. 외모로
치자면 조막만 한 얼굴에 시원한 이목구비, 몸의 늘씬함에서
A 양은 J 양에게 턱없이 부족하외다. 그렇지만 A 양의 살짝 흘
겨보는 눈빛을 받아본 자라면 단박에 끌립니다. 프랑스 영화에
폭 빠진 사람들은 모를 리 없는 여배우 꾸레타 가르보를 떠올리
게 만드는 명상적 얼굴이었습니다. 골똘히 사색에 잠겨 땅속으
로 들어갈 듯 무거운 걸음걸이를 보면 함께 따라 걷고 싶은 충
동을 유발시킵니다. 말을 붙여보면 A 양은 맛깔스러운 단어를
찾아내어 혀에서 톡톡 내뱉는 말이 귀에 확 달라붙사외다. J 양
이 예쁜 체하고 집에 갖추고 있는 것을 자랑할 때면 A 양은 시

크한 척하지만 드러내놓고 비아냥거렸사외다. 백사 물건을 다 가졌지만 정작 머릿속을 채워 넣지 않는다고 톡, 쏘아붙입니다. A 양과 J 양은 팽팽한 줄을 서로 당기고 있는 형국이옵니다. 그럴 때면 제가 가위로 팽팽하게 당겨진 줄을 잘라버립니다. 그리하면 저희 3인은 다시 손을 꼬옥 붙들게 되더이다. 동무들은 우정을 앞세우지만 사실, 질투는 우정을 앞지르고 가로막습니다. 그렇지만 아직, 저희는 불어오는 바람에 풀들이 일제히 쓰러지는 모습을 보고도 웃을 수 있는 햇빛 같은 나이외다.

J 양의 억지로 아양 떠는 애교 섞인 콧소리가 소름을 돋게 하는 것에 비하면 낮지만 약간은 허스키한 목소리는 그로떼스크한 감각을 자극시켜 귀를 A 양의 혀끝으로 밀어붙이고 싶게 만듭니다. 그래서 저는 은좌 딴스홀에서 뒤따라 나온 신사가 우리에게 말을 걸 기회를 주지 않고 냅다 그 차에 올라탔습니다. 이미 딴스홀에서 신사의 눈은 A 양의 입에 가 있었습니다. 그때, A 양은 책에서 읽은 딴스 파티를 이야기하며 이렇게 은밀하고 촌스럽게 여겨지는 딴스홀에 실망했다고 했습니다. 『전쟁과 평화』의 나따샤가 파티장에서 딴스를 추는 장면을 눈앞에 보이는 듯 묘사했습니다.

신사는 차를 몰고 장곡천장 쪽으로 한 바퀴 돌았습니다. 저는 입을 꼭 다문 그의 침묵이 견디기 힘들었습니다. 어쩌면 속으로 A 양이 아닌 제가 따라온 것이 못마땅할지도 모른다는 생각이 덜컥 들었사외다. 그래서 저는 거짓말을 했사외다. A 양과 J 양은 각각 정혼자가 있고 곧 그들을 만나기로 약속되어 있어 안 그래도 눈치가 보여 자리를 피해주려던 차에 따라나서게 되었다고 묻지도 않은 말을 혼자 떠들었사외다. 신사는 제 말에도 웃기만 할 뿐 별다른 말이 없었습니다. 무엇에 안달이 났는지 저도 모르게 대담한 거짓말을 했사외다.

친구들 대부분이 정혼자와 함께 첫 경험을 치러 머리를 올렸는데 저는 여즉 경험이 없어 그 방면으로 두렵기도 하지만 호기심이 제법 끓어올라요. 그리 내뱉고 혀를 쏘옥 내밀었사외다. 제 말에 신사가 차를 길가에 세웠습니다. 그리고 제 어깨를 잡아당겨 한 손으로 제 머리통을 꽉 누르고 입을 맞추었습니다. 순식간에 벌어진 일이라 저는 혼절하는 줄 알았지만 불쾌한 기분은 아니었사외다. 그의 입안에서 희미하게 맡아지는 양주의 향에 저도 취하였습니다. 그는 손으로 제 뺨을 쓰다듬고 헐렁한 J 양의 어머니 원피스 앞섶 사이로 손을 집어넣어 제 가슴을 잡고 부드럽게 원을 그렸다가 다시 제 입술을 빨았사외다. 짜릿짜릿한 기분에 저는 숨이 막히었고 언제 숨을 내쉬어야 할지 몰라 가슴이 터져버릴 것 같았습니다. 그는 제 손을 잡아 자신의 다리가 맞닿는 곳으로 가져갔습니다. 옻을 두 개 합쳐놓은 것 같았사외다. 아니 딱딱하게 굳은 가래떡을 두 개, 세 개 포개놓은 것 같았고 나무토막 같기도 한 그것은 양복바지 안에서 터질 것처럼 부풀었사외다.

"아직, 여학생 같은데 괜찮겠어?"

신사의 보이스는 착 가라앉아 무척 허스키했지만 룸펜으로 보이지 않았사외다. 와사등 아래 불빛에 드러난 흰 얼굴과 가지런히 정돈된 콧수염은 인텔리겐차로 보였습니다. 저는 가슴이 꼭 틀어막히고 입술이 타들어가 어떻게 대답해야 할지 몰라 그냥 눈만 덩그러니 뜨고 고개를 끄덕였사외다.

"귀가 시간은 몇 시지?"

저는 곧바로 학교 갈 시간만 맞춘다면 된다고 말했사외다.

"예상대로 여학생이었군."

그가 큰 소리로 웃었습니다. 차가 철도호텔 마당에 들어서자 뽀이가 달려와 차 문을 열어주었습니다. 그는 뽀이와 친한 듯

해 보였사외다. 호텔이란 곳은 방마다 층마다 숙박비가 달랐습니다. 신사가 하루에 50원짜리 객실의 비용을 지불하는 것을 보고 저는 기겁했사외다. 10원짜리 방에서 묵고 남은 40원을 달라고 말하고 싶었지만 꾹 참았습니다. 그래, 월급쟁이의 한 달 봉급에 맞먹는 고급 룸을 한번 구경해보자는 심사였사외다.

신사는 객실로 가자마자 소파에 웃옷을 벗어놓고 넥타이를 느슨하게 풀고 빳빳한 와이셔츠 제일 위의 단추를 풀었습니다. 유성기에 음반을 올려놓았습니다. J 양 집에서 들어본 적 있는 흐느적거리는 재즈였사외다. 저희는 J 양 집에서 재즈를 틀어 놓고 촬스톤 재즈 딴스 연습을 하곤 했습니다. 촬스톤을 잘 추는 여자가 미인보다 인기가 높다는 것이 저희들의 의견이었고 촬스톤 딴스가 유행이라는 것은 인력거꾼들도 아는 사실이외다.

그는 테라스로 나가 창을 열었습니다. 찬바람이 휙 들어오자 몸에 소름이 돋아나 저는 팔을 쓸어내렸습니다. 그가 담배에 불을 붙이고 전기주전자라는 기계에 물을 따라 붓고 전기선을 꽂아놓자 얼마 지나지 않아 물이 끓는 소리가 들렸습니다. 그는 미제 컵에 우유 가루와 달콤한 초콜릿 가루를 붓고 끓인 물을 부어 티스푼으로 휘저어 저에게 주었습니다.

"추운가? 떨고 있군."

밤늦게까지 돌아다녀본 적이 없는 저희들은 겉옷을 챙기지 못하였사외다. 우리가 입고 다니던 광목 통치마와 옥당목 저고리와는 달리 J 양의 어머니 원피스는 야들야들한 것이 홑껍데기나 마찬가지여서 찬바람이 고스란히 살을 파고들었습니다. 게다가 잔뜩 긴장을 한 터라 으슬으슬했고 근육이 당겨져 몸살이 날 지경이었사외다. 따뜻한 밀크 초콜릿을 한 모금 마시자 몸이 따뜻해지면서 긴장이 풀렸습니다. 저는 그제야 값비싼 호텔 룸을 둘러볼 용기가 났사외다. 유리창이 가득 달린 커다란 찬장에는 여러 가지 과일, 견과류, 과자, 수건, 비누 등 온갖 물건들이 쟁여져 있었습니다.

그는 찬장에서 아사히 맥주를 꺼내 서양 크리스털 유리컵에 따라서 저에게 주었습니다. 꿈속 세상에 온 듯한 기분에 저는 일본 맥주를 받아 마셨습니다. 거품이 보글거리는 맥주는 목을 부드럽게 타고 흘러내려갔습니다. 입이 타들어가는 갈증에 저는 맥주 한 컵을 순식간에 벌컥벌컥 들이켰사외다.

"많이 마셔본 솜씨인가?"

"아니야요, 처음인데 제법 솜씨 있게 넘어가요."

마실 때는 몰랐는데 잠시 있자 배 속이 부글거리고 방귀가
나올 것 같았고 얼굴은 달아올랐사외다. 신사는 찬장 옆의 테
이블 앞에 앉아 레코드판을 하나씩 들어보다가 벌겋게 달아오
른 저를 정면으로 쳐다보았습니다. 그가 저에게 옷을 벗고 씻
으라며 출입문 곁에 딸려 있는 변소를 가리켰습니다.

"저는, 아침에 몸을 씻고 나왔어요."

"아직도 떨고 있군."

제가 들어봐도 목소리는 버드나무 떨리듯 와들와들 떨리고
있었사외다. 그가 다가와 제 모자를 벗겼습니다. 모자가 벗겨
지자 눌려 있을 머리 모양이 신경 쓰여 저는 고개를 숙였습니
다. 단발을 하는 것이 소원이었지만 학교에서는 단발을 엄격하
게 금했습니다. 머리카락을 뒤통수 아래에서 묶은 후, 한 갈래
로 땋아 내린 것이 무척 촌스럽고 고집스레 여겨졌사외다. 신
사는 한 손으로 제 어깨를 잡고 다른 손으로 땋아져 있는 머리
타래를 풀었습니다. 머리카락 끝이 구불구불 어깨로 흘러내렸
습니다.

"네 몸을 봐. 얼마나 아름다운지."

그가 저를 경대 앞으로 데리고 가 거울 앞에 세우고 제 뒤에 서서 옷을 한 개씩 벗겼습니다. 붉은 목단이 그려진 원피스를 벗기자 누런 광목 가슴띠와 속곳이 부끄러워 저는 팔로 몸을 가렸습니다. 그는 주저하는 기색이 없이 속옷마저 다 벗겼사외다. 거울 속의 제 몸을 보라고 했지만 수치스러움에 저는 가슴이 터질 것 같았사외다.

그가 제 가슴을 아래로 쓸어내렸다가 다시 올리고 아름답다, 라고 말하며 제 고개를 돌렸사외다. 저는 난생처음 발가벗은 제 몸을 보았나이다. 발가벗은 몸은 생각보다 더 풍만해 보였고 에로 영화의 여배우처럼 관능적으로 여겨졌사외다. 그래서 저도 제 몸에 자신이 붙었사외다.

그는 손으로 제 가슴을 움켜쥐었다가 놓았습니다. 가슴은 떡을 짓기 위해 빻아놓은 쌀처럼 쫀득쫀득하였고 움켜쥐어야 할 정도로 부풀어 올랐습니다. 평소 저는 가슴이 너무 커 저고리를 입으면 단정한 맵시가 나지 않아 불만이었더랬습니다. 그래서 가슴띠로 가슴을 꽉꽉 조여놓았습니다. 그는 자신이 손으로 짚는 곳을 보라며 제 몸의 구석구석을 쓰다듬었습니다. 그의 손끝이 잘록한 허리 곡선을 따라 내려가 엉덩이에 닿자 저는

두려움과 현기증으로 그만 쓰러져 자고 싶은 기분만 들었사외
다. 그는 저를 침대에 눕혀놓고 옷을 벗었습니다. 제가 부끄러
워 고개를 돌리었으나 그가 제 고개를 다시 돌리고 자신을 쳐
다보라 시켰습니다. 옷을 입었을 때는 몰랐는데 옷을 벗으니
그도 딴딴한 나무판처럼 가슴이 넓었고 허리는 잘록했습니다.
저는 깨달았사외다. 옷 안에 가둬둔 육체는 껍질을 벗으면 모
두 새롭게 빛이 났고 신성스러운 기운이 넘쳤사외다. 부끄러
움이 사라져 저도 그의 몸을 쳐다보았고 그의 눈을 응시했습
니다.

침대는 아래로 떨어질까 겁이 났습니다. 알몸이 된 그마저
올라오니 침대는 더욱 출렁거렸고 소잔등에 올라탄 느낌이 들
어 속이 울렁거렸습니다. 제 몸 구석구석을 혀로 핥던 그가 언
제 딱딱한 나무토막 같은 그것으로 제 아랫도리를 찢고 들어
왔는지 알 수 없었나이다. 몽롱했던 기분이 한순간에 벼랑으로
떨어지는 고통을 느끼었습니다. 가슴과 얼굴은 달아올랐지만
아랫도리는 상처 난 곳을 벌려놓고 뭔가로 쿡쿡 쑤셔대는 것처
럼 아팠습니다.

그다음부턴 그가 아무리 가슴을 쓸고 어루만져도 아픔만 있

었사외다. 저는 얼른 끝내고 내일 친구들을 만나 자랑하고 싶은 마음으로 꾹 참았습니다. 주먹을 쥐고 기를 쓰고 참다 보니 어느 순간 그가 제 몸 위로 쓰러졌사외다. 저는 그만 뭔가 잘못되었나 싶어 눈치를 살폈습니다. 그의 가슴이 툭툭 뛰는 것이 제 귀에 똑똑히 들렸습니다. 한참을 제 몸에 엎드려 있던 그가 몸을 일으키고 제 아랫도리를 살폈습니다. 피가 흘러 축축했고 비릿한 냄새가 났사외다.

"순정한 여학생을 만나긴 네가 처음이야."

그의 말이 무엇을 의미하는지 몰랐지만 되짚어보면 알 것도 같았습니다. 저희 반에도 몇 명의 동무들이 순정을 떼어버렸지만 남정네를 만날 때는 처녀 행색을 했다가 하룻밤을 지내고 얻어맞은 동무도 있었더랬습니다. 그런데 피를 간직하고 있으면 순정한 것인가요? 사실, 저는 음탕한 상상을 많이 해보았고 전차 정류소에서 마주치는 남학생을 돌아가며 짝사랑도 했사외다. 한번은 사촌 오라버니의 결혼을 앞두고, 콕, 죽어버리고 싶을 정도로 마음 아픈 적도 있었사외다. 정신으로야 백번을 순정을 바쳐도 몸과 피만 깨끗하게 간직하면 순정한 여인이라는 말이 퍽, 이상스럽게 여겨졌사외다.

그가 저를 일으켜 변소로 가 물동이에 담긴 물을 퍼부어 몸을 씻겨주었습니다. 저는 이제 끝났구나 싶어 안도의 숨을 내쉬며 그가 아랫도리를 씻겨주는 것을 보며 부끄럼도 없이 다리를 벌려주었사외다. 그의 손이 비눗물이 가신 곳에 닿자 그곳이 쓰라렸습니다. 그는 옷을 챙겨 입으려는 제 손을 막고 자신의 빳빳하게 풀 먹인 와이셔츠만 걸쳐주었습니다. 그리고 음악을 틀어놓고 춤을 추다가 다시 셔츠를 벗기고 저를 침대에 쓰러뜨렸사외다. 새벽이 되어서야 그는 저를 놓아주고 침대에 쓰러져 코를 골았사외다.

원형출판국

아란은 정희와 함께 삼일양복점과 멕시코 바 사이의 좁은 골목으로 들어갔다. 골목 안에는 파란 시멘트 단층 건물들이 붙어 있었다. 전당국과 고무상회를 지나자 제법 넓은 마당 한쪽에 창고가 딸린 건물이 보였다. 열린 창고에는 세 명의 사내가 척척, 소리를 내며 돌아가는 기계 앞에 서 있었다. 시멘트 건물 벽 입구 나무 현관에는 원형출판국이라 적혀 있었다. 문을 열고 안으로 들어갔다. 책상에 앉아 책을 들여다보던 미스터 로이드는 아란과 정희를 발견하고 벽에 매달린 괘종시계를 쳐다보았다. 십 분 전 네시였다.

"민 형이 보내겠다는 저자가 학생들이야? 허, 그 친구, 참."

아란은 그의 표정에서 실망을 발견하고 아랫입술을 깨물었다. 가방에서 이틀 동안 정서한 종이 뭉치를 꺼냈다. 미스터 로이드는 당황한 듯 책 사이에 펜을 끼워두고 자리에서 일어나 두꺼운 로이드안경을 벗어 책상 위에 두었다. 여학생들에게 소파에 앉으라고 자리를 정해주고 그는 양복바지 허리춤에서부터 어깨까지 매달린 멜빵을 양손으로 잡고 쓸데없이 마당에 나갔다 들어왔다. 그는 다시 제 책상에 앉아 전화기를 들고 전화교환국으로 전화해 어딘가 연결해달라고 했다. 상대편에서 전화를 받지 않자 그는 전화기를 내려놓고 담배를 꺼내 피웠다.

한 시간 전에 민 형이 전화를 했다. 걸어서 오 분 거리에 사무실이 있는 그는 전화를 걸 일이면 직접 찾아오곤 했다. 아침에 와서 커피 한잔, 점심은 같이 먹고 퇴근 후에는 목로주점에서 술 한잔 하는 식으로 하루에 서너 번을 들락거리던 그였다. 생각해보니 요 이틀 동안 이곳에 오지 않았다. 전화로는 저자 한 명이 한 시간 후인 네시에 올 것이다, 원고를 무조건 책으로 내줘라, 출판에 들어가는 돈은 자신이 지불하겠다, 라고 멋대로 지껄였다.

"한심한 친구로군. 써놓은 것이 걸작인지 읽어봐야 알지. 그런데 자넨 안 와?"

민 형은 온다, 안 온다 대답은 하지 않고 책이 출판된 후에 팔리지 않으면 자신이 만 부를 사겠다는 엉뚱한 대답을 했다. 그리고 목소리를 낮추어 저자에겐 비밀로 해달라, 고 당부했다.

"허 참, 기괴한 일도 다 있군."

그는 담배를 재떨이에 비벼 끄고 자리에서 일어나 여학생들이 앉아 있는 소파의 건너편에 앉았다.

"이 출판국을 운영하는 고원식이오."

그는 명함을 꺼내 여학생들에게 한 장씩 나눠줬다.

"가만, 얼마 전 미쓰코시에서 민 형의 담배를 앗아갔던 학생이로군."

"그때는 실례 많았습니다. 오늘 온 목적은 제 친구의 소설을 보여드리려고."

아란은 원고를 적은 종이를 반듯하게 펼쳐 그의 앞쪽으로 밀었다.

"가난한 사람들, 이라. 뭐, 흔한 제목이군."

"꼭 좀 꼼꼼히 읽어봐주세요."

"그날, 우리 뒤를 미행했던 것인가? 민 형에게 어떤 아양을 떨었기에."

아란이 주먹을 꼭 쥐고선 자리를 박차고 일어났다.

"여보세요. 아양을 떨 정도로 이 출판국 이름난 곳 아니거든요? 원고 정서하느라 이틀 꼬박 잠을 못 자 머리가 흔들리니깐, 편견을 내던지시고 제대로 된 눈으로 읽어주세요. 두 시간이면 다 읽으실 터이니 시간 맞춰 돌아오겠습니다. 원고를 쓰레기통에 처박기 전에 찾으러 오는 것이니 관계치 마시고 읽어주세요."

아란은 제 말을 똑똑히 하고는 돌아 나갔다. 뒤따라 일어난 정희는 뒤를 돌아보았다.

"두 시간 후에 올 테니 도망가지 마세요."

"도망이라니."

고원식은 어처구니가 없었다. 그래 얼마나 잘 썼으면 저리 큰소리냐, 싶어 그는 소파 테이블에 다리를 올리고 몸을 소파에 푹 파묻으며 반듯한 정자체로 정서한 글을 읽었다.

아란은 분했다. 소설을 읽기도 전에 아양을 떨어 기회를 잡았다고 생각하는 그 남자가 얄미웠다. 어떻게든 소설이 그를 확, 휘어잡아 출판하자고 달라붙길 바랐지만 이미 써놓은 원고가 그의 마음을 휘어잡을지 자신 없었고 더 잘난 원고로 고칠수도 없는 판국이었다. 아란은 정희와 종로통으로 나와 멕시코바를 지나고 제비다방을 지나쳤다. 통유리 안쪽 테이블에서 책을 펼쳐놓고 밖을 내다보는 룸펜들과 인텔리겐차들이 보였다. 그 안으로 들어갈 용기가 나질 않았다. 그곳은 그야말로 내로라하는 문인들이 들락거리는 곳이었다. 동아부인상회 뒷골목으로 들어가 공원에 앉았다.

"좀 공손히 대응할 걸 그랬지?"

아란은 돌 벤치에 앉아 비둘기들이 한가롭게 돌아다니는 것을 보며 말했다.

"일이 잘 성사될 테니 두고 보아."

"정희 말대로만 된다면 지금 죽어도 여한이 없겠다."

"무슨 소리. 다른 것도 많이 써서 신문에도 발표하고 유명해지면 좋지. 전문학교도 보내주면 좋으련만."

"그나저나 경숙이는 어쩐다니?"

"말도 마. 그 신사는 딱, 세 번을 만나고는 권태증이 난 게지. 애초에 그런 만남에 제대로 된 연애가 성사될 리가 없지."

"경숙이는 학교 파하자마자 법원 앞에서 기다린다며?"

"그이가 법원 서기잖아. 경숙이가 정신을 차려야지. 그 앞에서 독약을 먹고 죽겠다 했지만 독약을 삼키는 것이 어디 쉽니? 그리고 끊으려야 끊을 수 없을 정도로 연애가 깊었을 때나 가능한 협박이지. 세 번밖에 안 만났는데 협박이 들어 먹히겠니? 게다가 법적으로 훤한 사람이니 당해낼 도리도 없지."

"그래도 그 남자가 나빴어."

"만둬. 경숙이가 먼저 달라붙었다잖아."

두 명의 여학생은 말없이 앉아 있었다. 정희는 칠피구두를 비벼 애꿎은 비둘기에게 흙먼지를 날렸다.

"아란, 조지아 데파트로 산보 갈래? 화숙이가 거기 엘리베이터 껄이야."

"내키지 않아."

아란은 백화점에서 눈으로만 즐기는 쇼핑이 싫었다. 화려한 물건과 마네킹이 입고 있는 서양 어느 나라의 옷들을 보며 마냥 즐거워하기에는 자신의 처지가 초라했다. 아란에게 백화점은 물건을 고르고 사는 곳이 아닌 얄팍한 지갑을 확인하는 곳이었다. 쇼윈도에 진열된 가전제품, 카메라, 핸드백, 시계, 양산

등 비싼 물건을 망설임 없이 쉽게 사는 사람들이 있다는 것이 믿기지 않았다. 실제로 물건을 척척, 사 가는 사람들을 보면 사회적인 불평등을 깨닫게 해줘 씁쓸했다. 제 것이 아닌 물건을 눈요기하는 것도 싫었고 돈이 있더라도 쌀 한두 가마와 맞바꿀 수 있는 허영을 따라가는 것은 질색이었다.

"박문서관에 가서 책 구경이나 하고 싶어."

정희 쪽에서는 책이라면 고리타분했다. 구경 중에 제일 시시한 구경이 읽지도 않을 책 구경이었다. 에로소설도 이젠 신물이 났다. 에로적인 상황을 제대로 보여주지도 않으면서 제목에만 에로를 끌어들이는 것도 지겨웠다. 그럴 바에는 조지아에 가서 사지 않더라도 옷이나 실컷 입어보고 새로 나온 양품을 구경하는 것이 훨씬 유쾌할 거였다.

"좋아. 니 기분 풀라고 조지아에서 일제 공책 한 권 사줄게."

아란은 공책이라면 자다가도 벌떡 일어났다. 늘 종이가 부족해서 자신의 집 변소에서 종이를 몰래 뜯어 가는 아란이 딱해서 정희는 가끔 공책을 사다 주었다. 변소간 종이에 쓰지 말고 여기에 써. 하지 않아도 될 말을 꼭 보태는 정희는 인정과 말이 넘쳐서 아란의 가난을 배려할 줄 몰랐다.

"미안한데 우리 고만, 여기서 헤어지자. 난 박문서관에서 책 좀 읽다가 출판국에 들렀다 갈게."

"출판국에 내가 안 따라가도 되겠어? 그 아저씨 곤조가 보통 아닐 성싶던데."

"나도 속성질이 까칠하다며?"

"그렇긴 해. 에이, 그럼 갈래. 사실, 그 골목 변소 지린내 더는 못 맡겠더라."

정희를 앉은자리에서 배웅하고 난 아란은 해가 넘어가 공기가 푸르스름해진 공원을 천천히 나서서 길을 건넜다. 낙원회관을 지나 부러 골목길로 들어갔다. 대로에 있는 빨간 벽돌집, 회색 시멘트집, 물빛 석회집 등 2층 양관들의 뒷골목에는 아직 조선 기와집과 풀썩 주저앉을 듯한 초막이 수두룩했다. 정희 말대로 칸칸의 집들 뒤쪽에는 변소간 밑이 노골적으로 보였다. 자세히 들여다보면 움직거리는 구더기도 보였다. 정희가 코를 쥐어 잡고 지날 때 아란은 정희네 집이 생각났다. 그 깊은 변소의 오물은 누가 처리하는 것일까. 실제로 정희네 변소간은 들어가도 지린내가 나질 않았다. 얼마나 많은 돈을 벌어들이면 그런 양식집을 지어 살 수 있을까. 세상은 노력하는 대로 변화

되는 것이 아닌 던져진 운명이 따로 있는 것은 아닐까. 그런 생각이 들자 아란은 맥이 빠져버렸다.

아란은 박문서관에 들어서서 현대소설이 진열된 서고로 곧장 갔다. 심훈의 『상록수』를 펼쳤다. 작년 가을부터 올 2월까지 신문에 연재되었던 것이 출간되었다. 아란은 연재소설을 읽기 위해 아침 일찍 학교 교무국으로 가 추위로 곱은 손을 비비며 신문을 펼쳤다. 방학이어서 때를 놓친 것은 정희네 집에 가서 읽었다. 『상록수』을 사고 싶었지만 지갑에 든 돈이 딱 40전이었다. 당분간 걸어 다니고 전차비로 살까 망설이다 책장에 기대 읽었다. 점원이 눈치를 주느라 곁에 서서 헛기침을 해대는 통에 책을 슬그머니 내려놓고 나왔다. 한 걸음 걷고 어두워져 가는 저녁 하늘 한 번 올려다보고, 한 걸음 걷고 멈춰서 손바닥을 펴 들여다보았다. 어떤 운명을 손에 움켜쥐고 세상으로 나왔길래 누구는 읽고 싶은 책 한 권 앞에서 선뜻 사지 못하고 떨고 있고, 누구는 부모를 졸라 값비싼 옷을 사서 입을까. 철빈의 되물림을 끊을 수 있을까. 아란은 시름없이 걸음을 걷다가 얼추 두 시간이 흐른 듯하여 원형출판국으로 갔다.

고원식은 아란을 기다리던 참이었다. 그는 아란이 고개를 푹 숙이고 마당으로 들어서자 문을 열어줬다. 아란이 소파에 앉기를 기다렸다가 마당으로 나가 창고 쪽을 향해 뭐라 소리를 질렀다. 잠시 후, 사환 아이가 대로변 다방까지 가서 사 온 커피 한 잔은 고원식 앞에 내려놓고 아란 앞에는 칼피스 음료수를 내려놓았다. 고원식은 커피를 한 모금 마시고 아란의 원고를 테이블 위에 올려놓았다. 아란의 원고 위에 메모지를 한 장 올려놓았다.

"진아란이라 했던가? 일단, 솜씨는 제법 있더군. 그러나 책으로 낼 순 없어."

아란은 얼굴 근육이 팽팽하게 당겨지는 것을 느꼈다. 순조롭게 일이 진행되리라 기대한 것은 아니었지만 이렇게 단호하게 거절당할지도 몰랐다.

"제안 하나 하지. 거기 적혀 있는 것을 읽어봐."

종이에는 영화소설 현상공모, 상금 1백 원, 기한 10월 6일이라 적혀 있었다.

"이것이 뭔가요?"

"동아일보에서 영화소설 현상공모를 할 예정이야. 『상록수』

가 선풍을 끌었으니 여러 공모를 만들어갈 계획인가 봐. 아마 신문에는 7월에나 공모 기사가 발표될 거야. 응모에 맞춰 소설을 써봐. 지금부터 부지런히 쓰면 될 성싶은데. 1200자 원고지 50장이면 될 거야."

"원고지 50장이요?"

"솜씨는 있으나 인식 부족이야. 가난한 사람들을 관찰하고 드러내려는 시도는 좋은데 사건도 없고 삶의 현장이 없어. 아직 어린 나이에 어울리지 않는 글에 과욕 부리지 말고 손아귀에 움켜쥘 수 있는 것을 써봐. 예를 들면 첫사랑에 관한 것 말이야. 원고가 괜찮으면 현상공모에 당선되지 않아도 출판해주지."

고원식은 사환 아이에게 가져다 놓으라 했던 원고지와 갱지를 보자기에 싸서 아란에게 주었다. 심훈의 『탈춤』과 『동방의 애인』도 주었다. 책상 위에서 전화벨 소리가 사무실을 뒤흔들듯 크게 들렸다. 고원식이 전화를 받기 위해 소파에서 일어났다. 그는 아란을 쳐다본 후 상대방에게 얘기가 다 끝났다고 대답을 했다. 곧바로 전화를 끊은 고원식은 고개를 갸웃거리며 아란 앞에 와 섰다.

"아는지 모르겠지만 심훈은 영화를 찍을 것을 염두에 두고 『탈춤』을 썼지. 신문 연재 때, 스틸 사진까지 미리 찍어 함께 발표했어. 영화소설 쓰는 데 도움이 될 것이니 꼭 먼저 읽어보도록."

"그 책이라면 벌써 읽었지만 다시 읽고 싶네요. 그런데 영화는 못 본 것 같은데."

"영화는 무산되었어.『상록수』도 영화로 만들 계획이었는데 지금 그 친구 병으로 앓아누웠어."

아란은 현상금이 문제가 아니라 제 소설이 영화로 나올 수도 있다는 것에 가슴이 터질 듯했다. 작년에『춘향전』을 영화로 한 것을 본 아란은 무척 흥미로웠다. 소설을 읽었을 때와는 다른 재미가 있었다. 그런데 어떤 소설을 써야 할지 막막했다. 아란이 감색 보자기를 펼쳐 책을 넣고 싸고 있을 때 출판국 사무실의 문이 벌컥 열렸다. 양복저고리를 어깨에 걸치고 입에 담배를 물고 들어서던 민선재는 돌아보는 아란을 발견하고 입에 물고 있던 담배를 떨어뜨렸다.

"호오, 거 어린 여학생이 매번 너무 늦은 시각까지 돌아다니는 것 아냐?"

민선재는 바닥에 떨어진 담배를 집어 입에 물었다. 아란은 민선재에게 고개만 까딱해 보이고 책 보따리를 가슴에 품고 돌아갈 채비를 했다.

"6월 말까지 원고를 써서 가져오면 검토해주지. 경성 문학계와 영화계가 발칵 뒤집힐 연애사건을 써보도록."

아란이 고개를 숙여 보이고 밖으로 나가자 민선재는 고원식에게 자기도 가보겠다고 따라나섰다. 고원식이 민선재의 팔을 붙잡았다.

"민 형, 나에게 뭔가 설명을 해줘야 하는 거 아닌가?"

"내일 아침에 다시 오지."

민선재는 마당을 나서는 아란을 따라잡고는 아란의 품에 있는 책 보따리를 뺏어 들었다. 놀라서 올려다보는 아란에게 씨익 웃어 보이고는 따라오라는 시늉을 했다. 아란은 그이 덕에 출판국에서 소설 청탁을 받았고 새로운 소설을 쓸 생각으로 가슴이 두근거리는 터였기에 말없이 그를 따라 골목을 나섰다. 대로변에 민선재의 시보레가 서 있었다. 민선재는 시보레의 조수석 문을 열고 아란에게 타라고 말했다.

"저는 전차를 타고 갈 작정이에요."

"할 얘기가 있으니 일단 타봐."

아란이 조수석에 올라앉자 민선재는 아란의 무릎에 보자기와 자신의 양복저고리를 올려놓고 운전석으로 갔다. 그는 광화문의 해태 동상 앞을 지날 때까지 말없이 운전대를 잡고 앞만 바라보았다. 그는 아란을 돌아보았다. 무릎을 붙이고 앉아 자신의 양복저고리에 팔을 올린 채 앞을 보며 무언가 골똘히 생각에 잠겼다. 그는 고원식에게 아란의 현재 원고로는 책을 출간하기 어렵다는 말을 들었다.

"많이 어렵겠어?"

"민 형, 이건 여학생의 일기 수준이야."

"여학생의 일기래도 읽고 싶도록 만들면 되지."

"자네가 와서 읽어봐."

민선재는 며칠 전 동아일보 기자가 했던 말이 기억나 신문사로 전화를 해 확인한 후 고원식에게 영화소설 현상공모를 알려줬다.

"자네가 응모하는 것이 더 확실하지."

"고 형, 나야 취미일 뿐이지."

"자네가 쓴 미와 형사 덕에 그동안의 내 빚을 다 갚았어. 그러니 자네가 한 편만 더 써주게."

"고 형, 거래를 하지. 요즘 생각해둔 것이 하나 있거든. 어떻게든 그 여학생의 책을 만들어주게."

"그거 궁금하군, 어떤 내용인지 조금만 알려주게."

"이번에도 역시 정식 출판은 어려울 거야. 경성 트로이카, 라고 이재유, 이현상, 김삼룡의 활약에 대해서는 익히 알고 있지? 영웅의 이야기를 만들어볼 작정이네. 영웅들이 시민들의 가슴을 뛰게 하도록 써볼 작정이야. 아마 종로서 야나기 형사가 혈안이 되어 뒤질 텐데. 자네만 괜찮다면."

"괜찮고말고. 야나기 형사의 벌겋게 달아오른 눈을 보고 싶군. 제발 얼른 써주게. 현재 쓰고 있는 중인가?"

"이보게. 내가 한가하게 놀고먹는 사람인가. 안 그래도 스탠다드 석유 광고탑 광고 들어와 내일부턴 야근이네. 내일 아침 장국이나 같이 먹지."

"자네가 현장에 나가 광고탑을 세울 것도 아니면서 엄살이 심하군. 아침 장국은 내가 대접할 테니 일찍 건너오게."

"거, 대접 잘 받으려면 부지런히 써야겠군."

민선재는 전화 통화만 하고 출판국에 가지 않을 작정이었다.

아란을 만나면 혼란스러웠고 그 혼란을 합리화시키고 구실을 만들어 아란을 붙잡는 자신의 충동을 감당할 수 없었다. 그러나 전화를 끊자마자 그는 양복저고리를 걸칠 새도 없이 원형출판국으로 갔다.

아란은 고원식에게서 얼굴을 가리고 죽고 싶을 정도로 혹평을 받았지만 인정할 수밖에 없었다. 게다가 그에게 영화소설에 응모해보라는 제안을 받았고 연습지와 원고지까지 받아 들자 벌써 당선자라도 된 듯 용기가 생겼다. 고원식은 경성을 발칵 뒤집을 글을 써달라고 했다. 경성을 발칵 뒤집을 연애는커녕 일반적으로 흔한 짝사랑 경험도 없었다. 아란은 다시 고민에 빠졌다.

민선재는 마포나루 근처 아란의 마을을 지나쳤다. 생각에 잠겨 있던 아란은 그제야 정신을 차리고 주위를 두리번거리다 민선재에게 집을 지나쳤다고 말했다. 민선재는 씨익 웃으며 아란의 동네에서 5리 조금 지나 대로에 차를 세웠다. 시장통에 있는 회색 시멘트로 된 2층 건물 앞이었다. 1층에는 스피드 광고, 라고 적혀 있는 간판이 달려 있었다. 그는 차에서 내려 아란에게 내리라고 말했다.

"여긴 어딘가요?"

"지옥은 아니니깐 따라와봐."

그는 1층에서 옥외로 올라가는 계단 앞에 서서 뒤를 돌아보았다.

"왜? 꽤나 당차 보이더니 겁을 집어먹었나?"

"그게 아니라 설명도 없이 왜 제가 따라가야 하나요."

"거, 아편굴에서 꺼내줬을 때는 권리를 들먹이며 대답의 의무를 회피하더니."

"그거야 사생활이니깐. 저는 설명 없이는 한 발짝도 움직이지 않을 테야요."

민선재는 할 수 없이 아란의 곁에 서서 담배에 불을 붙였다.

"여기는 전깃불을 양껏 사용해도 되지."

민선재는 광고회사를 운영했다. 이곳은 간판을 만드는 작업을 하는 곳이고 정식 사무실은 종로에 있었다. 그는 2층의 오른쪽 창문을 가리켰다.

"저기 2층 창문 보이지? 저기가 앞으로 학생이 일을 하고 돈을 벌 수 있는 곳이야. 자, 이제 가보자."

어리둥절해진 아란은 그의 말을 이해하기도 전에 그의 뒤를 따랐다. 그는 계단 초입의 벽을 더듬어 스위치를 올렸다. 계단 중턱에 달린 전기등에 불이 들어왔다. 계단을 오르자마자 문이 있었다. 그가 열쇠를 꺼내 자물쇠를 열었다. 문 옆에 있는 스위치를 올리니 알전구에 불이 들어왔고 마호가니 칠을 해놓은 굵은 목제 책상과 책장 두 칸이 있었다. 책상 위에는 전화기가 놓여 있었다. 그는 창가로 가 책상 위에 걸터앉았다.

"영어 실력은 좀 있어? 미국인과 대화가 가능한가?"

"시도해본 적은 없지만 학교 성적은 1호입니다만."

"학교가 파하면 이리로 곧장 와서 저녁 일곱시까지 전화를 받아줘. 미국에서 물건을 보냈다는 전화가 올 거야. 배편, 날짜, 시간과 물건 수량과 번호를 받아 적으면 되지, 간단해."

그는 전화를 받으면 즉시 자신에게 전화해 그것들을 불러주면 일이 끝난다고 했다. 주말에는 아침 열시부터 저녁 일곱시까지 자리를 지키라고 말했다. 봉급은 한 달에 20원을 준다고 했다. 그 액수는 헬로 껄의 한 달 봉급이랑 맞먹는 것이었다.

"왜요? 왜 저에게 이런 대접을?"

"이건 철저히 비밀을 지켜야 해. 친구들은 물론 가족들에게

도 말하면 안 돼. 받는 물건은 미국에서 보내는 것들인데 총독
부에서 금지하는 물품이야."

"저, 혹시 아편 같은 건 아니지요?"

"아편? 정말 그쪽에 깊은 사연이 있나 보군. 사연은 차차 듣
기로 하고. 물건은 간판을 만들 때 꼭 필요한 전기제품이야. 일
제 것은 쉽게 고장 나거든. 그래도 총독부에서는 일제 것을 쓰
라고 법으로 정해놨어."

그는 이곳에서 자리를 지키며 전화만 받으면 되는 일이고 남
는 시간에는 책을 읽든 잠을 자든 하고 싶은 대로 하라며 책장
을 가리켰다. 그곳에는 아란이 사고 싶어도 엄두도 내지 못할
책들이 꽂혀 있었다. 아란은 책장 앞에 가 책등을 손으로 쓰다
듬었다.

"이 책들, 제가 마음대로 꺼내 읽어도 되나요?"

"책에 침만 묻히지 않는다면."

아란은 오른손으로 왼손의 손등을 탁, 내려치고 뺨을 꼬집어
보았다.

"아프네, 꿈이 아니구나."

민선재는 아란에게 열쇠를 건네주다 잠깐 손을 멈칫, 했다.

야들한 여학생의 손일 것이라 예상했는데 의외로 궂은 일에 익은 거칠거칠한 손이었다. 그것이 그의 마음을 아프게 도려냈다. 그는 홱, 등을 돌리고 문밖으로 나오며 불을 껐다. 사무실의 불이 꺼지자 복도가 어두웠다. 계단 중턱의 전기등 불빛이 희미하게 비쳤다. 아란이 어두운 복도에서 헛발을 짚어 중심을 잃자 민선재는 아란의 손목을 잡았다. 잡은 손에 너무 힘을 줘 아란의 몸이 떨렸다.

"아파요."

그제야 그는 아란의 손목을 놓아주었다. 그는 복도의 끝을 가리키며 저기에 손을 씻을 수 있는 물통과 변소가 있다고 했다. 복도 중간에는 문이 하나 더 있었는데 그곳에 대한 설명은 없었다. 계단을 내려와 스위치를 끈 후 그는 아란에게 내일부터 올 수 있는지 물었다. 아란은 하늘로 뛰어오를 듯 기뻤다. 손에 잡힐 듯한 희망과 운이 거듭되는, 구름을 휘젓는 기분이었다.

『연애 독본』— J 양의 도발적인 경험

K 양의 첫 경험을 듣던 A 양과 저는 까무러쳤습니다. K 양이 영악하다는 것은 알았지만 얌체처럼 처음 만난 신사와 최고급 호텔에 가서 회사원의 한 달 봉급과 맞먹는 비용이 드는 객실에서 잤다는 것이 믿기지 않았사외다. 무엇보다 저는 분한 마음이 넘쳤사외다. K 양은 그날 객실에서 묵었던 기념으로 침대에 깔렸던 자색 실로 호텔 로고가 수놓아진 수건을 가져왔습니다. 자색 실로 수놓아진 수건에는 피 얼룩이 희미하게 남아 있었사외다. 수건 한 장이 이토록 질투의 감정을 불러일으킬 줄은 몰랐습니다. 저는 세수를 하고 수건을 집어 얼굴을 닦다가도 K 양이 차곡차곡 접어 가방에 넣은 수건을 떠올렸사외다.

K 양은 그 상황과 기분을 부끄럼도 없이 자세하게 읊었사외다. 황홀했던 감각 끝에 몸을 가를 듯한 통증을 얘기할 때는 마치 제가 직접 경험하는 듯 부끄러웠고 몸이 달아올랐사외다. A 양은 갱지로 만든 공책을 꺼내 자분자분 받아 적었습니다. 신사가 K 양을 거울 앞에 세우고 뒤에 서서 옷을 하나씩 벗겼다는 얘기를 들었을 때부터 제 기분이 울렁거렸고 아래 속옷이 촉촉이 젖어들었사외다. 저희 3인이 혼부라를 할 때면 신사들이 말을 걸어온 쪽은 늘 저였더랬습니다. 몹시 분했지만 속생각으로는 저에겐 정혼자가 있으니 순정은 그에게 줘야 시집살이가 평탄할 것이라 다독거렸사외다. 그래서 저는 독하게 마음먹었나이다. 저의 정혼자를 찾아가 강제로 순정을 떼어버리고 난 뒤, 자유연애를 하겠다 결심하였사외다.

본정의 카페 골목에서는 야릇한 향수 내로 코가 시큰거렸사외다. 초저녁부터 양장 옷을 입은 여급들이 걸어 다녔습니다. 유행을 따라잡으려는 옷맵시였지만 한 가지 방식으로 단장을 하여서인지 도로 유행이 징글징글하게 여겨졌사외다. 모란, 이라는 다방에 들어서니 카페인지 분간할 수 없을 정도로 테이블마다 여급들이 앉아 있었습니다. 그들은 카페로 일하러 가기 전 다방에 들러 수다도 떨고 커피를 마시며 끽연 중이었습니다.

저는 일하는 할멈이 설명해준 사내의 모습을 머릿속으로 헤아릴 필요도 없었습니다. 다방에서 사내 혼자 앉아 있는 테이블은 딱 하나밖에 없었사옵니다. 그는 제국대학 제복을 정복정모 한 채로 신문을 펼쳐 들고 있었사외다. 제복을 알아본 여급들이 그를 힐긋거리는 것이 한심해 보였고 동시에 제 어깨가 으쓱해지기도 했더랬습니다. 제가 다가가 핸드백을 테이블 위에 올려놓자 사내와 그 주위에 앉은 여급들이 고개를 들어 저를 보았습니다.

"J입니다."

사내는 자리에서 벌떡 일어나더니 맞은편 자리를 권하였습니다. 나를 아니꼽게 쳐다보는 여급들이 제 외모와 옷맵시를 낱낱이 뜯어보고 있다는 것을 느끼었습니다. 저는 일주일 전 미쓰코시에서 새로 산 원피스를 입었사외다. 연하늘색의 소매 없는 세일러 원피스는 목둘레가 깊게 파여 있어 본디 얼굴색이 하얗고 목이 가느다란 저를 델리키트하도록 돋보이게 하는 옷이었사외다. 거기에 연하늘색 리본을 두른 흰 모자와 하얀 스웨터를 걸쳐 입었는데 본정 골목을 들어서며 스웨터를 벗어 팔에 둘렀습니다. 단발을 하지 못한 머리 모양이 좀 아쉬웠지만 앞머리는 가르마를 최대한 한쪽으로 치우쳐 고데기로 지져 물결치게 옆으로 고정시켜놓았고 뒷머리는 타래를 틀어 가지런히 고정해놓아 제 나이보다 성숙하게 느끼어졌습니다. 배웅을 해주던 할멈은 구두를 내주다 말고 구두에 침을 칵 뱉고 치맛자락으로 싹싹 닦으며 침이 마르도록 칭찬을 했습니다.

"아씨 방 벽에 달라붙어 있는 복혜숙보다 훨씬 예쁘오. 활동사진기에서 빠져나온 여배우 같으으오."

"흐응, 여배우는 좀 싼 맛이 나지 않아? 내가 그래 보인단 말이지?"

"어데요, 그보다 훨씬 예쁘지라. 보고만 있어도 오줌을 찔끔거릴 정도로 반하겠소."

"만나려는 작자의 눈도 우리 할멈 같아야 할 텐데. 엄마한텐 비밀이야요."

제 자랑 같아 심히 부끄럽지만 전차 정류소에서 전문대학 제복을 정복정모 한 남학생들이 쪽지를 주고 갔사옵니다. 한 남학생은 가는 곳까지 배웅을 해주겠다며 본정행 전차까지 따라 올라탔습니다. 정혼자와 약속만 아니었다면 함께 혼부라를 즐기고 싶을 정도로 꽤 호리호리한 스타일이었사외다. 저는 남학생이 내민 쪽지에 집 주소를 적고는 돌려주었습니다. 그는 저에게 이름을 알려달라고 매달렸사외다. 인연이 닿아 또 만나게 되면 그때 알려주겠다고 톡, 쏘아붙였사외다. 그는 당장 내일부터 집 앞에서 기다리겠다고 말하며 얼굴을 붉혔습니다. 본정에서 저 혼자 내리고 남학생은 도로 전차를 타고 돌아갔사외다.

정혼자를 K 씨라 부르겠나이다. K 씨와 저는 클라식한 2층 양식당에서 양식을 주문했사옵니다. K 씨의 외양과 태도는 저와 어울리지 아니하였습니다. 키는 제 키보다 한 뼘이나 클까 말까 한 정도였고 몸체는 두 배는 되었사옵니다. 제 미모에 흠뻑 빠져서인지 마주 앉은 저를 쳐다보지 못하고 연신 고개를 좌우로 돌리는 태도는 무척 촌스러웠사외다. 제가 딴 곳을 쳐다볼라치면 입을 벌리고 저를 뚫어져라 들여다보는 기척이었사외다. 제가 고개를 돌려 눈이 마주치면 목이 아프리만치 머리를 폭 숙이었습니다. 제가 인상을 쓰는 것을 알아채고는 움츠러든 목을 수그리고 있으면 아씨 곁에 있는 하인처럼 여겨졌사외다. 대모테 안경을 썼으나 멋으로 쓴 것이 아닌 정말 시력이 몹시 나쁜 듯하였사옵니다. 코가 낮고 뭉툭하였는데 연신 코끝까지 흘러내리는 안경을 들어 올렸습니다. 양식에 사용해야 하는 나이프가 어색한지 포크로 질긴 고기를 찍어 눌러 잘라 먹는 것을 보자 저도 모르게 제 나이프로 그의 접시에 놓인 덩어리 고기를 썰어주고 말았사외다.

"저야 K 씨를 금세 알아차렸지만 아까 다방에서는 난처하였겠어요?"

"아, 저도 금방 J 양을 알아봤습니다."

그는 저보다 네 살이나 위였는데 존대를 했사옵니다.

"으응, 어떻게요?"

"지난번 사진을 보내오지 않았던가요? 제 방 책상에 모셔두고 있습지요."

그의 말에 저는 놀랐습니다. 여자를 불러들여 함께 살림을 차렸다는 소문과는 달리 무척 공손한 태도였사옵니다. 남정네는 겉 다르고 속 다르다는 말을 본디 알고 있는 터라 저는 확인을 해야겠다 마음 먹었사외다.

"괜찮으면 그 방에 놀러 가보고 싶군요."

과연 K 씨는 제 말에 당황하며 얼굴을 붉히었으나 커피를 끓여 먹을 수 있는 미제 주전자를 샀으니 방에 가서 커피를 끓여 준다고 했사옵니다. 저는 곧바로 후회했습니다. 적어도 첫 순결을 버리는 장소로 K 양이 갔던 호텔보다 더 고급스러운 장소이길 바랐사외다.

K 씨는 경성제국대학 근처에서 하숙을 하고 있었습니다. 차가 없다는 말에 저는 퍽 실망스러웠사외다. 택시를 부를 것을 기대했지만 그는 전차 정류소를 향해 걸어갔습니다. 전차에서 서서 아는 체도 안 하고 체면 차리는 모습은 진솔 두루마기를 입은 영감쟁이 같았사외다. 꾸부정하게 서 있는 그를 돌아보곤 그만 뛰어내려 집으로 돌아가고 싶을 지경이었습니다. 전차에서 내려 두어 걸음 앞서 걸어가며 그는 향촌은 강원도 원주인지라 집안의 대사와 방중 며칠을 제외하고 늘 하숙옥에 머문다고 말하였사외다. 저는 속으로 오늘만 지나면 결혼 전까지 더는 볼 일이 없을 것이라 생각하고 혀를 쏙 내밀었습니다. 기와집이 벼이삭처럼 촘촘히 붙어 있는 동숭동 하숙집을 들어가기

전에 잡화점에서 바나나와 양과자, 기린 맥주 두 병을 샀습니다. 잡화점 주인이 저를 보곤 호들갑을 떨며 그에게 귓속말을 했습니다. 그는 자랑스럽게 허허, 웃으며 내년에 혼인을 약조한 처자, 라고 대답을 하였나이다.

그의 하숙옥은 사랑채에 해당되는 듯 두 칸짜리 방에 달린 쪽마루도 있었습니다. 쪽마루에는 삼베 보자기에 묵은 멥쌀이 펼쳐져 있었사옵니다. 낮 동안 바글거리는 햇살에 못 이겨 기어 나온 검은 바구미가 삼베 보자기 끝에 일렬로 매달려 있었사외다. 그는 허겁지겁 삼베 보자기를 뭉쳐 안채 마루에 놓아두고 뛰어왔습니다. 구두를 벗고 쪽마루에 올라서니 그가 제구두를 쪽마루 위에 올려놓았습니다. 그의 방에는 양식 책장이 벽에 딱 붙어 있었고 책장에는 쏟아질 듯 빼곡히 책이 꽂혀 있었사외다. 책상에도 밥상처럼 여겨지는 상 위에도 방구들에도 책이 어지럽게 쌓여 있었사외다.

A 양이라면 달려들어 이 책 저 책 뒤져보았을 테지만 독자 제씨도 아시다시피 저는 책이라면 돌덩이처럼 여기는 사람이외다. K 씨는 밥상처럼 보이는 상 위에 수북이 쌓인 책들을 방바닥에 내려놓고 상 위에 사가지고 온 바나나와 양과자, 기린

맥주를 놓았습니다. 저는 하얀 스웨터로 가느다란 다리를 가리고 앉았습니다. 앉아 보니 창이 하나 나 있는 아래 앉은뱅이책상에 제가 보낸 사진 액자가 놓여 있는 것이 눈에 띄었습니다. 책만 그득한 방 안에 참으로 어울리지 않는 차림의 사진이었습니다. 제 시선을 알아차린 그가 갑자기 방 안의 전깃불을 끄고 제 앞에 무릎을 꿇고 앉았습니다. 음력 14일이기에 달빛이 창호지 사이로 스며들어 그의 단단한 몸체가 더욱 커져 뒷산에서 내려온 곰이 양순하게 앉아 있는 것처럼 보였사외다.

"J 양, 고백하면 저는 잠자리에 들기 전에 저 액자를 늘 품에 안고 잤습니다. 그만큼 저는 당신을 사랑하외다."

저는 놀라지 않을 수 없었습니다. 이 방에서 살림을 차렸다는 여자의 흔적을 찾아내고 억지로 그를 유혹해 순정을 버려버린 후, 마음껏 자유연애를 시작하려던 계획이 무너졌습니다. 계획한 복수는 방향을 잃었고 복수의 원인이 사라진 마당에 앞으로 저의 자유로운 연애는 합당한 이유가 없었사외다. 저는 지방에서나 명성이 있는 촌스러운 남자의 아내가 되어 남은 인생을 살아갈 생각을 하니 눈앞이 어질거렸사외다.

"저는 아직, 사랑을 모릅니다."

일단 저는 발을 뺀 후 생각해볼 마음을 먹었습니다.

"사랑을 모르는 사람은 쇳조각이외다. 제 사랑으로 J 양의 쇠를 녹이겠습니다."

"K 씨의 사랑은 알 만합니다만 아직, 저는 관계없는 일이외다."

그는 우리 사이에 있던 상을 옆으로 밀치고 저를 억세게 껴안았습니다. 그의 떨리는 손이 세일러 원피스의 앞섶 단추를 풀어헤쳤습니다. 그가 제 머리통을 부여잡고 얼굴을 가까이 가져와 입술을 비비다 이가 서로 부딪쳐 딱, 소리가 났습니다. 아찔하고 찌릿찌릿해 쓰러질 것 같았다는 K 양의 킷스에 대한 감상은 순 거짓말이었사외다. 저는 몹시 불쾌했사외다. 그의 입에서는 양식당에서 먹은 서양 파 냄새가 났사외다.

그는 원피스 앞쪽 단추를 모두 풀고 엉거주춤 일어나 자신의 바지와 속옷을 한꺼번에 훅, 내렸사외다. 곧바로 엎어지듯 제 몸 위로 올라왔습니다. 순식간에 일어난 일이라 저는 혼절하는 줄 알았습니다. 지금이라도 소리를 지르면 이 집에서 누군가가 나올 것 같았지만 그리되면 남사스러운 모습을 남에게 보이는 것이 두렵고 부끄러웠사외다.

"K 씨, 이러시면 불법입니다."

"우린 혼인을 약조한 사이요."

"사랑이 없는 결혼은 불법이고 야만입니다."

"저는 J 양을 내 몸처럼 사랑하외다."

그의 몸통 가운데가 저의 몸을 찍어 눌렀습니다. 돌덩이가
저를 뚫고 들어오는 듯하였사외다.

"사랑이 없는 잠자리는 강간이외다."

"아무래도 좋소. 날 만나자고 한 것은 당신이었소."

대화를 몇 번 주고받는 사이 모든 일이 끝났는지 그는 제 몸
위로 푹, 쓰러졌사외다. 참을 수 없는 분노가 생겼지만 무엇보
다 벗겨진 제 몸이 부끄러웠사외다. 그는 몸을 일으키곤 책상
에서 양초 하나를 꺼내 켰습니다. 양초에 의지해 제 옷을 살펴
보는 그의 행동이 우스웠나이다. 그는 제 원피스에 묻은 핏물
을 보곤 소중한 보물을 대하듯 두 손으로 꼭 쥐었습니다. 바지
를 추켜 입고 누워 있는 저를 일으켜 원피스의 어깨 부분을 벗
겼습니다. 윗목의 장지문을 열어 이불을 꺼내 와 저에게 덮어
주고 원피스를 들고 나갔습니다. 잠시 후에 젖은 원피스를 들
고 온 그는 원피스를 덧창문에 걸쳐두고 젖은 수건으로 제 가

랑이를 닦아주었습니다. 제 눈에서 눈물이 흘러내렸습니다. 순결을 버린 것이 슬픈 것이 아니라 첫 경험을 친구들에게 어떻게 얘기해야 할지 창피해서 울었사외다. 찌릿찌릿하지도 않았고 제 몸이 아름답게 여겨지지도 않았으며 사랑받고 있다는 느낌이 전혀 없었사외다. 몸이 와들와들 떨렸습니다. K 씨는 제 머리에 베개를 받쳐주고 서양초를 책상 위에 올려놓더니 책을 펼쳤습니다. 그는 제가 분해서 가슴이 벌렁거리는 것도 모르고 눈물이 얼굴을 타고 흘러내려 베개를 적시는 줄도 모르고 책을 들여다보며 공부를 했습니다. 저의 앞날이 캄캄한 계곡 속에 내던져진 것 같았사외다. 그런데 그 캄캄한 계곡 속에서 양초처럼 빛이 반짝거렸사외다. 전차로 본정까지 따라온 남학생의 얼굴이 불현듯 떠올랐습니다. 지금 이 캄캄한 계곡에서 빠져나가 내일이 오면 집 앞에서 저를 기다릴 남학생을 만날 작정을 했사외다. 저는 그제야 긴 숨을 내쉬고 잠 속으로 빠져들어갔습니다.

참혹하고 비통하지만 이것이 저의 첫 경험기이외다. 이 비참하고 가혹한 첫 경험을 아까운 종이에 써내려간 연유는 이 글을 읽는 독자 제씨께서는 저와 같이 제 발등을 찍는 어리석은 행동을 하지 말라는 당부를 하기 위함이외다. 작년 12월에 발간한 여성잡지 『신가정』에 실린 연애 십결을 덧붙이나니 독자 제씨께서는 잘 읽고 숙지하여 똑똑히 행동하시길 바라외다. 연애 도중에 상대자에게서 절망을 느낄 때는 칼 같은 마음을 먹고 단념할 일. 저는 그 문장에 밑줄을 새카맣게 긋고 그어서 종이가 뜯겨져 나갔더랬습니다. 저는 양식당에서 칼같이 일어나 돌아섰어야 했다며 후회를 거듭했사외다.

연애(戀愛) 십결(十訣)

1. 이성과의 사이에 사랑이 싹틀 때는 조곰도 주저하지 말고 부모에게 통사정을 할 일
2. 알게 된 최초의 이성을 연애의 대상으로 생각하여서는 안 될 일
3. 감정(感情)에 흐르지 말고 이성(理性)에 눈떠야 할 일
4. 상대자의 성격을 경솔(輕率)히 판단(判斷)하지 말 일

5. 연애 도중에 상대자에게서 절망(絶望)을 느낄 때는 칼 같은 마음을 먹고 단념할 일

6. 연애는 동정(同情)에서부터가 아니고 존경(尊敬)에서부터임을 인식할 일

7. 연애의 수난(受難)은 상호(相互)의 책임인 것을 깨달을 일

8. 어데까지든 신중(愼重)―유희적(遊戲的)인 연애는 절대로 피할 일

9. 결혼기피(結婚忌避)와 처녀시대의 꿈속에 취하려 하지 말고 어데까지나 엄격한 연애를 생각할 일

10. 연애는 인생 최대의 사업(事業)도 아닌 동시에 무상(無上)의 향락(享樂)도 아님을 깨달을 일

다치기 쉬운 저녁

황금정에 있는 유리벽으로 된 챠밍, 다방에 앉아 길을 걷는 여자들을 쳐다보았다. 스커트를 입은 여자들이 날개를 퍼덕이는 나비처럼 팔랑거리며 걸었다. 저렇게 수많은 여자들이 걸어가는데 왜 나는 유독 아란의 걸음걸이가 뇌의 주름에 박혀버렸는가. 도무지 알 수 없었고 환장할 노릇이었다. 아란은 걸음을 걸을 때 고개를 한쪽으로 숙이고 팔을 흔들지 않고 걸었다. 손에 책을 들고 있었지만 빈손이어도 팔을 흔들지 않았다. 치마가 살짝살짝 들춰질 때마다 매만지고 싶은 종아리가 보였다.

어제는 까닭 없이 찾아가 바람이 분다는 핑계를 대고 집 근처까지 데려다주었다. 조수석에 아란이 앉아 있을 때 나는 차를 강나루로 향하고 싶었다. 차의 속력을 최대한으로 높여 둑과 자갈을 지나 그대로 강으로 돌진하고 싶었다. 그리하여 밀폐된 차 안에 둘이 갇혀 함께 바다로 흘러들어가고 싶었다. 그냥 죽어버리면 창자를 불로 지지는 고통이 사라질 것 같았다. 그런 충동을 간신히 참으며 고개를 돌렸을 때 아란의 얼굴 바로 뒤로 보름달이 따라붙었다. 그 달의 안쪽에 담겨 있던, 달빛을 등지고 앉았던 그 얼굴을 떠올리자 눈물이 왈칵 쏟아졌다. 아란이 눈앞에 있을 때는 치솟는 충동을 누르느라 진이 빠졌고, 아란이 곁에 없을 때는 혼자 캄캄한 숲에 버려진 것처럼 외로웠다. 어린 여학생에게 이토록 모질고 독한 감정이 생기는 것을 이해할 수 없었다. 저녁이면 하늘의 달을 찾아보는 습관이 생겼고, 또렷이 떠올려지기도 하고 희미해져 기억나지 않는 얼굴을 보고 싶었다. 보고 싶다, 라는 말을 한숨처럼 내뱉었다. 길을 걷던 여학생이 고개를 돌려 다방 안을 들여다보았다. 나와 눈이 마주치자 곧바로 고개를 돌리고 걸어갔다. 책보를 어깨에 둘러멘 여학생은 팔을 힘차게 휘저으며 걸었다. 나는 자리에서 일어났다. 생각할 겨를도 없이 차에 올라타 마포 쪽으로 방향을 잡았다.

고 형에게 아란의 글을 책으로 출간할 수 없다는 말을 들었을 때, 나에게 닥친 일처럼 낙담했다. 권번 기생으로 들어가 돈 벌이를 하겠다고 말할 정도로 형편이 다급했고, 그녀가 기숙하고 있다는 삼촌의 집은 여름 태풍의 첫 바람이 닿자마자 이엉이 까뒤집히며 폭삭 날아갈 듯 위태로운 초가였다. 무엇보다 아란이 위험한 아편굴에 드나드는 것이 염려되었다. 다리가 후들거리는 두려움을 감추고 그 골목을 가야 하는 사정을 파악해 해결해주고 싶었다. 나는 고 형을 통해 알아보게 했고 그녀의 삼촌을 제국대학병원에 입원시켰다. 그의 허벅다리는 썩어들어가고 있었다. 그나마 아편으로 통증을 견디고 있었다. 무릎 아래를 절단하기로 결정하고 허벅다리로 번진 염증은 도려내고 엉덩이 살을 뜯어내 이식수술을 하기로 했다. 아란에게는 소설책의 인세를 미리 지급한다는 명목상의 핑계를 댔다. 병원을 다녀온 고 형이 말했다.

"자네, 이유 좀 들어보세."

드디어 부딪쳐야 할 벽 앞에 섰다. 나도 까닭을 알 수 없다고 대답했다.

"진아란이 『고등형사 미와』만 한 소설을 쓴대도 병원비를 감당할 수 없네. 게다가 자네는 뒤로 빠지고 나를 내세우는 것은 또 무슨 꿍꿍이인가?"

"고 형, 아무래도 아란에게 홀렸나 봐. 욕망을 관리 못 해 병원비 지불한 것에 대한 대가를 그녀에게 받아내게 될 것 같아서. 그것이 무서웠네."

"이 친구 제대로 정신 나갔군. 색다른 감정에 휩싸인 것이야. 본정에 있는 여느 카페에 들어가도 아란 또래 여급이 수두룩하네. 그중 한 명을 취하게. 그리고 잊어."

"그런 욕망과는 좀 다른 것 같네. 고 형은 사랑이 뭔지 알겠는가?"

"사랑에 국경도 없다는 말 나는 믿지 않네. 국경의 벽은 험난하네. 게다가 기본 양심도 지켜야 하고, 염치가 있어야 하네. 무턱대고 사랑만으로 덤비는 것 야만적이네."

"고 형, 알겠는데. 머릿속이 하얘. 텅 비어서 바보천치가 된 것 같네."

"정 그러면 차라리 취하게. 요즘 여학생들 스스로 원해 첩으로 들어서더군."

"고 형, 내 진심을 몰라주는군."

"정신 차리게. 사랑타령을 할 나이도 아니고, 나라 사정도 아니네. 경성 트로이카 쓰는 일에 집중하게나. 나와의 약속을 지키게. 자네 대신 병원에 드나드는 것 흥에 겨워 한 것이 아니네."

나는 고 형이 내 몸이 터지도록 두들겨 패주길 바랐다. 상처와 함께 감정도 같이 터져버릴 수 있도록. 아란을 스피드 광고사 2층에 마련한 작업실로 끌어들일 생각을 했을 때만 해도 나는 어린 소녀의 딱한 처지를 보살펴주겠다는 그럴싸한 핑곗거리를 만들었다. 그것에 만족하지 않고 나는 곁을 맴돌았다. 아란은 작업실을 보고 홀딱 반한 눈치였다. 책장의 책 모두를 꺼내 읽을 기세였다. 전화를 받아주는 제안을 거절할 이유가 없었다. 나는 주문 내역과 물품 배송에 관해 영문으로 작성하고 디자이너 박 군에게 전화하도록 시켰다. 아란은 의심 없이 내 자리에 앉아 전화를 받았고 곧바로 나에게 전화해 전달했다. 나는 하루에 두세 번은 아란의 목소리를 고정적으로 들을 수 있었다. 욕망은 채워지거나 시들해지기 전까지는 스스로 증폭하는 성질을 가지고 있다. 대상과의 교류가 없이 욕망이 채워

지거나 사그라들 수 있을까. 교환원의 만들어내는 콧소리 너머 약간은 가라앉은 아란의 목소리를 들을 때마다 휘어잡을 수 없는 욕망으로 애를 끓였다. 목소리를 듣는 것만으로 만족할 수 없을 때에는 작업장으로 직접 찾아갔다. 아란을 보기 위해 일부러 찾아간 내역을 들키지 않기 위해 막걸리와 김치, 두부를 가지고 갔다. 아란에게 작업장 인부들에게 가져다주도록 시켰다. 카스텔라와 칼피스를 책상 위에 놓아두었다. 아란은 어떤 때에는 책상 위에 서너 권의 책과 공책을 어지럽게 펼쳐놓고 있었고 또 어떤 날에는 책상 위를 말끔하게 정돈해놓고 종이만 올려놓고 글을 쓰고 있었다.

차를 세우고 1층의 작업실에 들렀다가 마당에서 오동나무 잔가지를 꺾어 양복 주머니에 넣었다. 2층으로 올라가 문을 열자 아란은 턱을 괴고 창밖을 내다보다 고개를 돌렸다. 무심한 듯 일어나 고개를 숙여 인사하고는 도로 의자에 앉았다. 내가 책상 앞에 놓은 의자를 창을 향해 놓고 앉자 아란은 다시 턱을 괴고 창밖을 내다보았다.

"민 형의 말로는 영화소설을 쓰고 있다던데."

"제가 쓰고 싶은 것은 따로 있지만 연습 삼아 이것저것 써보고 있어요."

"따로 쓰고 싶은 것은 어떤 것이지?"

아란은 턱을 괴고 창밖을 내다보다 고개를 홱, 돌렸다.

"꼭, 대답해야 하나요?"

숯처럼 검은 눈을 가까이서 마주 대하자 숨이 턱, 막혔다. 양복 주머니에 손을 넣어 오동나무 잔가지를 분질렀다. 뾰족한 가지가 손바닥을 파고들도록 꽉, 쥐었다.

"꼭 그런 것은 아니지만."

나도 모르게 목소리가 가라앉았다. 어떤 말을 해야 할지 안절부절못하는 감정이 낯설었다. 주머니 안의 나뭇가지를 더 잘게 잘랐다. 더 이상 자를 수 없을 정도로 잔 나뭇가지만 남자 불안이 엄습했다. 나는 의자에서 일어나 사무실을 왔다 갔다 서성거렸다.

"무슨, 하실 말씀이 있나요?"

"어? 아니. 왜?"

"계속 거기 계실 건가요?"

나는 아란을 돌아보았다. 아란은 공책에 뭔가를 적다가 양쪽 검지로 펜 양끝을 잡고 무심히 고개를 들었다. 혼자 있고 싶어하는 눈치였다.

"거, 퇴근할 시간도 되었고 월급을 주려고 왔어. 참, 밥이나 먹으러 갈까?"

"아직, 시간도 이르고 전 좀 더 있다 가고 싶어요."

거절할 것이라 예상치 못했기에 나는 당황했다. 사무실 벽에 걸린 시계는 다섯시를 가리켰다. 나는 헛기침을 하고 난 후, 아란에게 옆 사무실에 가 있을 테니 두 시간 후에 불러달라고 말했다.

"옆에도 사무실이었나요? 늘 잠겨 있어 빈 곳인 줄 알았거든요."

"작업이 많을 때는 가끔 잠도 자."

나는 순간 얼굴이 붉어졌다. 잠, 이라는 단어를 내뱉자마자 아란을 옆방으로 끌어들이고 싶은 충동이 일었다. 소파에 누워 십 분만 아란을 안고 있으면 원인을 알 수 없는 불안이 사라질 것 같았다. 그런 생각을 했다는 것에 화가 났다. 나는 빠른 걸음으로 사무실을 나왔다. 문이 흔들릴 정도로 거칠게 문을 닫았다. 아란을 안으면 만지고 싶을 것이었다. 몸에 손을 대면 몸 안으로 파고들고 싶을 것이다. 한 번이 두 번이 되고 세 번이 될 것이었다. 분명한 것은 증가하던 욕망은 어느 순간 바닥을 보일 것이다. 문제는 그 이후, 발생할 것이었다. 채울 수 없는 욕망을 털어내듯 손을 비비고 책상에 앉아 턱을 괴고 창밖을 내다보았다. 강 건너 나루터에 배들이 정박해 있었다. 인천에서 온 배에서 생선을 담은 나무 상자가 내려지고 있었다. 깊이가 낮은 나무 상자 안에서 펄떡이는 생선의 비늘이 서쪽으로 넘어가는 각도가 기운 햇살에 비쳐 반짝거렸다. 아란도 지금 창밖을 내다보고 있을 것인가. 두 시간 후 밥은 어디에서 먹을 것인지 미리 생각해보았다. 마음 같아선 데파트에 데려가 여름용 원피스를 사주고 레이스가 달린 양산도 사주고 싶었다. 커다란 용설란이 놓인 이국적인 식당에 앉아 양식을 먹이고 싶었다. 아란은 분명, 왜 옷을 사주시나요, 양산 따윈 필요 없어요, 라고 까칠하게 따져들 것이었다. 그렇다면 영락정으로 가 한정식을 먹고 중앙극장에 가 영화를 보는 것은 어떨까. 아니면 부민관에 가 조선 악극단 공연을 보자고 할까.

나는 여학생과 공식적으로든 사적으로든 함께할 수 있는 일이 별로 없다는 것을 깨달았다. 시간을 보내기 위해 레밍턴 회

사의 오래된 모형으로 만든 이원익 타자기 앞에 앉았다. 중림
동 고무공장 지대에 위장 취업을 한 이재유는 조선공산당 재
건을 준비하는 문서를 작성했다. 당시 이재유가 작성한 공산
당 재건 문건 자료를 찾기 위해 책상 서랍에 열쇠를 끼우고 열
때, 문이 열렸다. 아란은 이 방에도 똑같은 위치에 책상이 있다
는 사실에 놀라는 듯한 표정을 지었다. 타자기를 처음 보는 듯
물끄러미 쳐다보았다. 나는 타자기에 끼워진 용지를 뜯어 경성
트로이카에 대한 메모를 적은 종이와 함께 책상에 넣어두고 열
쇠로 잠갔다.

"벌써 두 시간이 지났나?"

"원형출판국에 볼일이 있어요."

나는 저녁을 어디서 먹을 것이며 무엇을 할 것인지 여러 가
지 궁리해놓았던 계획이 수포로 돌아가자 맥이 빠졌다.

"볼일이라니?"

"소설을 다 써서 먼저, 고 선생님께 보여드리려고요."

"벌써 다 썼다니 제법이군."

타자기에 용지를 돌려 맞춰놓고 아란에게 가까이 오라는 손
짓을 했다. 아란은 두 손을 마주 잡고 다가와 책상 앞에 섰다.

자리에서 일어나고 그녀에게 앉으라고 했다.

"이게 타자기야. 이걸로 쓰면 훨씬 빠르게 쓸 수 있어."

"타자기 있다는 말은 들었으나 가까이 보기는 처음이에요."

나는 아란의 뒤에 서서 아란의 손을 잡아 자판 위에 올려놓았다.

"5벌식이야. 가로로 찍어 세로로 읽는 것이지. 자음과 모음은 부동키야. 받침이 붙지 않는 모음과 받침은 누르면 한 스텝 자동 이동하니깐 여기를 누를 필요는 없어. 쳐봐."

아란은 검지를 펼쳐 아래로 내리찍었다. 내리찍는 손의 힘이 약해 글씨가 희미하게 새겨졌다. 나는 아란의 어깨로 몸을 바짝 붙여 내 손으로 아란의 손을 감싸 쥐고 자판을 탁탁, 쳤다. 진아란, 진아란, 진아란. 그 이름이 뼈에 새겨지는 듯했다. 진아란, 이름을 쓰는 것만으로 가슴이 얼마나 벅차오르는지, 지독한 슬픔에 빠지는지 이 어린 학생은 모를 것이었다. 나는 잡았던 아란의 손을 덜컥, 내려놓았다. 양복 주머니에 손을 집어넣었다. 잘게 부러진 잔가지들을 움켜잡았다. 뾰족한 가지의 끝이 손바닥을, 양심을, 가책을, 도덕적 기준을 찔렀다.

"아아, 정말 신기해요."

아란은 나를 돌아보며 콧등에 주름을 만들며 웃었다. 양 검지를 치켜들고 자신의 이름과 바람, 나무, 봄, 여름을 탁탁 소리나게 쳤다. 봄이, 여름이 탁탁, 소리를 내며 아란의 손가락에서 펼쳐져 시작되는 것처럼 여겨졌다. 탁탁탁, 경쾌한 소리를 내던 아란이 킥킥대고 웃었다. 좀 까부는 듯해서 무얼 썼는지 봤다. 원히출판국. 고 형의 출판국이 아란의 마음 한구석을 차지하고 있다는 것을 확인하자 엎어진 물이 번지듯 가슴에 슬픔이확, 번졌다. 물을 닦아내듯 슬픔도 닦아내면 슬픔의 흔적이 사라질 것인가.

"이거 저쪽 사무실에 가져다 놓고 연습해. 솜씨가 늘면 이것있어야 글이 써질걸?"

"이미 신세 많이 져 갚을 길이 막막해요. 그리고 저는 종이에글자를 꾹꾹 누르며 쓰는 것이 좋아요. 그러면 글씨가 종이에착, 달라붙는 것 같아요."

"그럼, 일어나지. 고 형의 출판국까지 같이 갈 수 있겠네."

"아, 일부러 안 그러셔도 되는데."

"나도 사무실에 들어가봐야 해."

아란은 사무실로 가 가방을 챙겨 들고 나왔다. 차에 올라타자 어색한 침묵이 흘렀다. 숨이 막힐 듯 불편했지만 억지로 불편을 깨서 불편하지 않도록 만들고 싶지 않았다. 아란도 어색하고 불편함이 있는지, 과연 아란에게 내 존재는 어떤 것이지 궁금했다. 차가 남대문 전차 정류소를 지날 때에야 아란이 두 손을 깍지 껴 앞으로 내밀었다.

"저는 「인형의 집」을 종이에 옮겨 적었어요. 지금, 경성에는 집을 나온 수많은 노라들이 거리를 활보하고 혼부라를 즐겨요. 저는 어쩐지 그것이 가짜처럼 여겨져요. 존재의 근거를 확립하지 않는다면 노라는 스스로 또 다른 인형이 되고 말아요. 전 저만의 노라를 만들어내고 싶어요."

"고 형 말로는 연애소설을 쓰고 있다던데."

"그런데 그건 제 착각이라는 생각이 들어요. 존재의 근원을 파악할 수 있는 노라는 무엇보다 경제적인 뒷받침이 있어야 해요. 남은 가족들이 그럭저럭 살아갈 방편이 마련되었을 때나 집 밖으로 나갈 수 있는 거예요. 저에게 노라는 한낱 꿈에 불과해요."

"그래서 우선 돈을 벌기 위한 소설을 쓴다?"

"모르겠어요. 고 선생님께 큰돈을 받았으니 일단 갚을 정도로 팔리는 소설을 써야 할 것 같아요, 우리나라에서 제대로 된 연애의 기원은 언제일까요? 연애의 역사도 짧지만 제대로 된 연애를 알고 하는 사람들이 없다는 생각이 들어요."

"제대로 된 연애가 어떤 것인데?"

"저는 제가 태어날 것을 미리 알고 태어나지 않은 것 같아요. 제 의지로 태어난 것은 아니지만 자라면서 앞으로의 선택은 제 의지가 반영되어야 한다고 생각해요. 집안에서 정해주는 정혼자와 결혼하고 살아가는 것이 아닌, 좋아하는 사람과 함께 사랑을 하는 것이 행복할 것 같아요. 사장님께서는 사모님을 사랑해 결혼하셨어요?"

"그렇지 않다는 것을 알 텐데. 그렇지만 아내를 싫어하거나 불만을 갖고 있지는 않아."

"네, 그러실 것 같아요. 저는 가문과 능력에 상관없이 꼭 사랑하는 사람을 만나고 싶어요. 그렇지 않으면 단독으로 살아갈 것이어요."

아란은 윤이 나는 검은 머리칼의 끝을 잡아 손가락에 휘감아 돌리면서 정면을 응시했다. 꼿꼿이 허리를 세우고 앉은 아란을 바라보는 것만으로 쇠줄이 창자를 콕콕 쑤셔대는 것 같았다. 나는 아란이 사랑하는 남자를 만나지 않기를 바랐다. 그래서 평생 단독으로 살아가길, 그 모습을 내가 곁에서 바라볼 수 있기를 바랐다. 출판국으로 들어가는 골목 어귀에 차를 세우고 아란의 팔을 잡았다.

"꼭, 반드시 그렇게 하도록."

의아한 듯 눈을 동그랗게 뜨고 서 있는 아란을 두고 사무실로 걸어갔다. 골목 모퉁이에서 걸음을 멈추고 뒤를 돌아보았다. 손으로 머리를 쓰다듬으며 소설 원고를 담은 봉투를 가슴에 껴안고 빠르게 걸어가는 아란의 뒷모습을 다시 볼 수 없을 것 같은, 애틋한 심정으로 바라보았다.

슬픔으로 젖은 불두화

　학교가 파하자마자 아란은 책보를 싸며 오늘은 어떻게 동무들을 따돌릴까를 생각하느라 정희와 경숙이 바로 곁으로 다가온 것도 몰랐다.

　"애, 오늘은 제발 과자점에라도 들렀다 가자."

　"그래, 니들이 나를 위로해줘야지."

　아란은 그녀들의 얼굴을 보자 일제 경찰이라도 본 듯 놀라 도망갈 궁리만 했다. 하루 이틀, 사흘, 일주일은 집안일 핑계로, 숙모의 심부름으로, 삼촌의 약을 받으러 주사국에 가야 한다는 핑계로 빠져나왔지만 동무들은 오늘은 절대로 아란을 놓치지 않겠다고 벼르고 있었다.

"내가 할 일이 좀 있어서."

"너, 무슨 일이야? 변심한 것이니? 여자의 변심이 칼보다 더 무섭다던데. 소녀구락부도 이젠 끝이구나."

"그렇지 않아. 말 못 할 사정이 있어."

"말 못 할 사정이래도 꼭꼭 얘기하고 함께 고민해주기로 한 구락부잖아."

"그래, 넌 낭떠러지 앞에 서 있는 정희 사정도 모르고 있지."

"정희한테 무슨 일 있어?"

"그러니깐, 오늘은 과자점에 가자. 아니 내가 커피 석 잔 살게. 다방으로 가자."

경숙이 아란의 책보를 뺏어 들고 정희가 아란의 겨드랑이에 제 팔을 끼웠다. 오늘은 반공일이라 학교 문에서 빠져나온 여학생들은 주변의 잡화점에서 미리 준비해둔 옷을 갈아입고 전차 정류소 앞에 서 있었다. 아란은 경숙에게 사정이 있어 일찍 가야 하니 마포나루 근처의 다방으로 가자고 제안했다.

"흐음, 거기엔 뱃사내와 일꾼들만 득실거리던데."

"관둬, 할 수 없지. 바쁜 시간 내주는 것이 어데야?"

마포나루에서 내려 호반다방으로 들어갔다. 정희 말대로 다방에는 뱃사내들이 우악스러운 목소리를 내며 떠들어대다 그녀들이 자리에 앉기도 전에 힐끔거렸다. 노골적으로 휘파람을 부는 사내도 있었다. 정희는 인상을 쓰다가 도로 나가자며 일어났다. 그녀들은 조용히 앉아 얘기할 수 있는 장소를 찾기 위해 헤맸다. 마포나루 근처에서는 서로 악을 쓰듯 말하는 뱃사내들과 장사치들이 거칠게 걷고 밀치며 지나갔다. 걷다 보니 스피드 광고사 건너편까지 걸어갔다. 아란은 스피드 광고사의 2층 사무실을 떠올렸지만 민 사장과의 약속을 지키기 위해 애써 고개를 돌렸다. 그녀들은 시장통 초입에 있는 국숫집으로 들어갔다. 다행히 새참 시간이 한참 지났기에 문간방으로 들어가 방문을 닫으니 밖의 소란이 수그러든 듯 조용했다. 국수 두 그릇을 시켜 세 그릇으로 나눠 먹었다.

"아란, 원형출판국에 새로 쓴 소설을 가져다주었니?"

"말도 마. 완전히 치욕만 얻었어."

고원식은 아란에게 『고등형사 미와』라는 육전소설 책을 던져주며 소파에서 읽으라고 하고 자신은 책상 앞에 앉아 아란의 소설, 「사랑의 기억」을 읽었다. 그는 원고를 읽기 시작하기 얼마 지나지 않아 담배에 불을 붙여 줄담배를 피웠다. 아란은 형사 미와가 독립운동가의 남동생을 잡아가 갖은 고문을 하고 난 저녁에 권번 기생을 찾아가는 대목을 읽었다. 기생은 형사 미와를 알아보았고 그를 두려워했다. 미와는 악랄한 고문을 했지만 기생 앞에서는 꼬리를 흔드는 강아지처럼 굴었다. 처음에는 그를 두려워하던 기생은 다양한 성적인 기술을 연구해 그를 사로잡았다. 그를 죽이기로 결심하는 대목을 읽을 때에는 머리의 핏줄로 전기가 통하는 듯 찌릿찌릿했다.

고원식은 다 읽은 원고지를 툭, 소리가 나도록 책상 위에 던졌다. 아란이 고개를 들었다. 그는 일어나 아란이 앉은 소파 건너편에 앉았다.

"결론부터 말하지. 다시 써."

"네?"

"짧은 기간 동안 저 정도 썼으면 필력은 대단하네. 그런데 재미가 없어."

"꼭 재미있어야 하나요?"

"내가 말하는 것은 오락으로서의 재미가 아니라 소설적 재미를 말하는 거야. 영화소설에 응모는 해보도록. 결과는 안 기다려도 되겠지만. 어린 시절부터 행랑채에 머물던 머슴의 아들을 사랑했지만 집안의 반대에 부딪친다. 집안에서 정해준 정혼자와의 결혼을 앞두고 사랑의 기억을 간직한 채, 집을 나와 공장에 취업을 한다. 이 서사는 여성지에 나오는 단골 메뉴야. 흔한 얘기더라도 인물을 매력적으로 잘 살리든가. 맛깔스럽게 진술을 하든가."

아란은 얼굴이 붉어졌고 숨이 턱 막혔다. 달려들어 원고지를 쫙쫙 찢어버리고 문을 박차고 나가고 싶었다.

"습관적으로 인물이 거창한 생각을 많이 하던데, 그 인물, 생각 좀 고만하게 해. 사유가 깊거나 특별한 생각도 아니잖아. 이것으론 책 낼 수 없어. 한 달 시간을 줄게. 다시 써 와."

아란은 그의 지적에 아무런 대꾸를 할 수가 없었다. 아란에게 소설에 대한 확고한 의견이 있다면 따져들고 싶은데 그런 것도 없고 수긍이 가는 지적이었다.

"그 책은 가져가 읽어봐. 멋 부리는 문장 없이도 읽는 독자의 솔직한 감정에 달라붙는 지점을 발견할 수 있을 거야. 소설 한 편으로 문학 하려고 덤벼들지 말고, 필력을 써먹어봐. 한 달이면 충분할 거야."

어떻게 출판국을 나와 종로 거리를 걸었는지, 어떻게 발등이 보이지 않는 어두컴컴한 만리동 고갯길을 걸었는지 기억나지 않았다. 분노의 감정이 일었지만 날카롭게 소설을 파헤쳐 독설을 퍼부은 고원식을 향한 것이 아니라 못나게 쓴 자신에게 난 것이었다. 뾰족한 쇳조각으로 자신의 머리통을 찌르고 싶었다.

아란은 국수 대접을 들어 국물을 들이켰다. 칼칼한 국물이 목에 걸려 왈칵 토해내고 싶었다. 경숙은 아란에게 물 대접을 내밀었다.

"이 애는 여름방학 시작하면 전신국으로 출근하기로 했대. 헬로 껄이 되는 거지."

정희의 말에 아란은 정희의 손을 잡았다.

"너는, 너는 어떻게 된 거야?"

정희는 정혼자에 관한 소문부터 말을 꺼냈다. 그에게 복수를 하기 위해 찾아갔던 것, 소문이 헛것이었고 기습적으로 순정을 빼앗긴 것. 그 이후, 규칙적으로 남자의 방을 찾아갔고 남자가 양쪽 부모님에게 말해 겨울방학에 혼인식을 하고 졸업 후 함께 일본으로 유학 가기로 결정되었다고 했다.

"규칙적으로 방으로 찾아갔다는 것은 연애를 했다는 거야?

일본 유학을 함께 가기로 했다면 잘된 거잖아."

"너희들 알다시피 나는 일어라면 일제 화장품에 적힌 글만 읽을 줄 알지. 그리고 배우고 싶은 것도 없고 공부하고 싶은 마음도 없어. 무엇보다."

정희는 고개를 숙이고 젓가락을 움켜쥐고 나무 탁자에 새겨진 나무옹이를 쿡쿡, 찔러댔다. 정희는 정혼자를 만난 다음 날부터 다른 남학생을 만나왔다고 했다. 그를 사랑하고 그도 자신을 사랑한다고 확신하고 있었다. 아란은 사랑의 확신을 이해할 수 없었다.

"어쩜 그래? 그 사람과도 한이불에 있었어?"

아란의 질문에 정희는 기가 막힌다는 표정을 지었다.

"한이불을 덮었다고 무작정 사랑하게 되는 것은 아니야. 몸을 섞는 것은 그리 중요한 것이 아니더라. 물론, 아직 순처녀인 너는 사랑을 알아차리는 데 그것이 방해가 될 수도 있겠지만."

"두 명의 남자와 동시 연애를 하는데 한 남자를 사랑하게 되었다며? 그럼, 분명하잖아. 그와 사랑하면 되잖아."

"동시에 만나보니 한 사람에게 몸과 마음이 더 가는 것은 분명한데. 가난해."

"무슨 촌스러운 신파 흉내야. 정희는 평소 가난 앞에선 사랑은 아무 쓸모가 없다고 했잖아. 혼인 전까지만 그 남자 만나고 그 후론 눈 딱, 감고 일본으로 가면 되겠네."

"아, 난 아란한테 말 못 해."

정희는 두 손바닥으로 얼굴을 감싸고 탁자 위에 엎드렸다.

"아란, 그리 쉬운 문제가 아니야."

경숙은 정희의 어깨를 쓰다듬으며 아란을 바라보았다.

"이 애는 지금 임신 중이야. 그런데 누구의 씨인지 짐작할 수 없대."

아란은 정신이 사나웠다. 어떻게 뒤섞여 만나면 판단을 할 수 없는 것인지. 임신을 한 날을 따져보면 알 것 아니냐는 아란의 질문에 경숙은 그렇게 날짜가 정확히 딱, 맞아떨어지는 것은 아니라고 말했다.

"어떻게, 그런 일이. 왜 그렇게 문란하게 만났어?"

"아란, 벌어진 일 앞에서 너무 가혹한 말은 하지 말아야지."

"같이 엎어져 눈물이나 흘려줄까?"

아란은 정희의 행동에 화가 났다. 일을 이 지경으로 만들어놓고 눈물을 쏟으며 후회하고 있어보았자 상황이 달라지지 않을 거였다. 잘못 행동한 것을 무조건 감싸주는 것도 내키지 않았다. 그렇다고 나 몰라, 고개를 돌릴 수도 없었다. 정희는 상황 판단을 못 하고 망설이다 시간만 흘려보낼 거였다.

"방법을 생각해보자. 시간을 끌 수 없잖아. 일단, 아기는 낳아봐야 누구의 씨인 줄 아는 것이지? 정희는 아이를 낳을 생각인 거야?"

아란의 말에 정희는 눈물로 얼룩진 얼굴을 들었다. 경숙이 정희의 눈치를 보며 말했다.

"아란, 무슨 말을 하는 거야?"

"방법이 없지 않을 거야. 아기를 지우는 곳이 있을 거야. 그것이 싫으면 두 남자에게 사실대로 고백해. 그것을 받아들이는 남자와 결혼을 하는 거야."

"그걸 말이라고 하는 거야? 어떤 남자가 이 상황을 받아들여?"

"당연하지, 그럴 남자는 없고 이 사건으로 남은 평생 정희를 괴롭힐 거야. 그럼, 한 가지 방법밖에 안 남았네."

"아란, 난 너무 무서워. 그러다 죽었다는 사람 얘기를 들은 적 있어."

"징징거리지 마. 이런 것 대비 안 하고 쾌락만 즐긴 거야?"

아란은 일부러 모질게 말하다 손으로 무릎을 쳤다. 서소문정 아편굴 노파의 방에 누워 앓는 소리를 내던 여자가 생각났다.

"맞아. 생각났어. 그런 것을 해주는 곳, 나 알아. 내가 알아볼 게."

"그런데 돈이 무척 많이 들 거야."

경숙은 정희에게 저축해놓은 돈이 있는지 물었다. 정희는 용돈 정도야 엄마한테 달래면 되지만 큰돈은 못 구한다고 말했다.

"일단 돈을 모아보자. 나, 사실 지난 두 달 동안 일을 해 월급 받은 거 숙모 몰래 저축해놓았어."

아란의 말에 경숙이 어떤 곳에서 일하는지 물었다.

"너 혹시, 카페 같은 데 드나드는 것 아냐?"

"아냐, 출판국을 통해 알게 된 곳인데 광고회사야, 근데 더는 묻지 마."

"우리 구락부는 비밀 없기로 했잖아."

"총독부에 알려지면 사장이 곤란하거든. 내가 일하는 것도 비밀이야."

"아란, 고마워."

아란은 정희의 손을 잡고 마음 단단히 먹어야 한다고 말했다. 두 명의 남자에겐 절대 비밀로 할 것도 당부했다. 세 명의 여학생은 서로 손을 맞잡고 손등을 쓰다듬었다. 자리에서 일어나려다 아란은 다시 앉았다.

"나 지난 두 달 동안 쓴 소설 또 퇴짜 맞았어."

"뭐라고? 왜?"

"재미없대. 한 달 동안 다시 써 오래. 지금 생각났는데, 나, 너희들의 첫 순정을 내다버린 것을 소설로 써도 될까?"

"에? 그딴 것이 소설이 될 수 있어?"

"잘 써봐야지. 그런데 정식 출판국은 아닌 것 같아."

아란은 가방에서 『고등형사 미와』 딱지본을 꺼내 경숙에게 주었다. 경숙은 손에 잡히는 작은 책을 촤르륵, 훑어보았다.

"책값이 3, 40전인데 이광수나 심훈, 염상섭이나 돼야 책이 팔린대. 종이값도 비싸고 총독부 검열도 심하고. 요 책은 6전이야. 그런데 작년 한 해 동안 20만 부가 나갔어. 물론, 올해도 많이 나가고 있는 중이고."

"1년에 20만 부면 대체 얼마야? 꼭 좀 아란 것도 그렇게 팔려라. 아란이 원하면 우리 얘기 써도 돼."

"대신 이름은 바꿀게. 정희의 근래에 일어난 일도 안 써먹을 게. 나, 지금 사무실에 들어가봐야 해. 이따 저녁에 서소문정에 들러 알아보고 내일 학교에서 만나 상의하자."

세 명의 여학생은 문간방을 나섰다. 한복 소매를 팔뚝까지 걷어 올리고 치마를 무릎 위까지 바짝 올려 입은 세 명의 여학생은 대문 앞에 활짝 핀 불두화 곁을 지나쳤다. 유난히 창백한 얼굴이었던 정희가 골목 중간에 주저앉아 헛구역질을 했다. 아란과 경숙은 정희 곁으로 다가가 등을 두들기다 서로 어깨를 감싸 안고 울음을 터트렸다. 먼저 울음을 터트린 정희는 앞으로 닥칠 고통으로, 경숙은 만나주지 않는 남자에 대한 원망으로, 아란은 거절당한 소설의 비참함으로 울었다. 각자의 상황이 반영된 울음이 엉켜지다 결국, 한 가지로 모인 원인이 어깨를 짓눌렀다. 정희에게 당장 닥쳐올 엄청난 통증과 그 후에 발생할 일에 대한 두려움이었다. 활짝 핀 불두화 잎이 바람에 떨어지듯 그녀들의 몸에서 울음이 후드득 떨어졌다.

촘촘히 칸을 채우며 다가오는 그림자

박수진은 교무국 중앙에 있는 난로로 가 쇠붙이 집게로 난로 뚜껑을 열어 학적부를 통째 집어넣었다. 그녀는 조선총독부 경무국 직원과 형사의 말이 단순한 협박이 아님을 알아차렸다. 그들의 목표가 육전소설을 펴낸 출판국과 『고등형사 미와』와 『경성의 영웅, 트로이카』를 쓴 한제국 작가를 찾아내는 것이라 하더라도 목표를 향해 가다가 만난 걸림돌을 파내어 모래처럼 잘게 부숴버릴 수도 있는 그들이었다. 학적부의 겉장까지 불에 타들어간 것을 확인한 박수진은 교무국의 제 자리에 앉아 골똘히 생각에 잠기었다. 경무국 직원과 형사가 지목한 세 권의 딱 지본을 그녀도 읽었다. 『연애 독본』을 제외한 나머지 두 권은 한 사람이 썼을 것이라 짐작했다. 일본 형사를 우스꽝스럽게 표현한 수사가 비슷했고 사건을 먼저 펼쳐놓아 독자에게 충격을 준 후, 독자 스스로 추리하도록 유인하는 기법이 같았다. 무엇보다 소설을 진행하는 화자를 1인칭이나 3인칭을 쓰지 않고 우리, 라고 쓴 것이 같았다. 우리가 알다시피 고등형사 미와는 기생 초옥의 허벅지에 홀딱 반했다. 초옥은 형사 미와를 만나기 전에 허벅지에 늘 새로운 그림을 그려놓았다. 침이 떨어지는 미와의 입술은 물감으로 얼룩덜룩했다. 우리는 양복에 조끼까지 갖춰 입고 카밀 호텔에 나타난 이재유를 알아볼 수 없었다. 우리의 이재유는 어디든 나타날 때마다 변신을 퍽 잘했다. 문장을 하나씩 되짚어봐도 두 권은 한 사람이 썼고, 『연애 독본』은 아란이 쓴 것이 확실했다.

아란을 무사히 졸업시킬 수 있는 방법을 연구했지만 현실적으로 진아란은 경찰의 희생양이 될 충분한 조건을 갖췄고 붙들리게 된다면 고문을 피할 수 없을 거였다. 어떻게든 진아란이 내일 학교 앞까지 못 오도록 오늘 중으로 손을 써야 했다. 그녀는 교장실로 가 전화교환국에 연결해 택시를 불렀다. 택시를 기다리는 사이에 교무국 자리에 앉아 빠르게 편지를 썼다. 교문 앞에서 택시에 올라타 뒤를 돌아보았다. 예상대로 검은 지프차가 택시 뒤를 쫓아왔다.

박수진은 조지아 백화점 앞에서 내렸다. 그녀가 백화점 안으로 들어갔을 때 한 명의 남자가 차에서 내려 백화점으로 따라 들어왔다. 그녀는 1층의 잡화점을 천천히 둘러보며 옷을 차려 입혀놓은 마네킹을 만지며 뒤를 돌아보았다. 로이드안경을 쓴 남자는 갑자기 훈훈한 곳으로 들어와 습기가 찬 안경을 벗으며 두리번거리다 그녀를 발견하고 멈춰 서서 안경알을 닦았다. 그녀는 구두점에서 가죽에 보석을 박아 넣은 구두를 신어보았다. 모자 진열장에서 붉은 리본을 둘러놓은 브라운 비로드 모자를 써보았다. 버선 가게에서 바닥에 털을 덧붙여놓은 버선을 하나 샀다. 일제 화장품 진열장에서 한 번 바르면 몰라볼 만치 예뻐진다는 당고 크림을 하나 사고 견본으로 진열되어 있는 빨간 립스틱을 집었다. 손거울을 들고 입술에 립스틱을 바르며 거울의 각도를 조절해 거울 속에서 그녀를 힐긋거리며 서 있는 남자를 바라보며 씨익 웃었다.

그녀는 여성 속옷 가게에서 레이스가 달린 손바닥만 한 아래 속곳을 펼쳐 들어보았다. 이 진열장에는 모두 여자들뿐이었다.

거의 벌거벗은 채 서 있는 마네킹 옆에서 서성거리는 남자를 여자들이 노골적으로 돌아보았다. 거울 앞에서 가슴띠를 가슴에 대어보던 수진은 거울 속에서 머리를 긁적이며 백화점 입구 쪽 구두 가게로 가 서 있는 남자를 보았다.

엘리베이터가 1층에 내려온 순간 그녀는 재빠른 걸음으로 엘리베이터에 올라탔다. 엘리베이터 걸인 화숙이 제복을 입고 상쾌한 웃음을 짓다가 박수진을 발견하고 고개를 숙여 인사했다. 화숙인 박수진의 학생이었고 정희와 친하게 지냈다는 것을 알고 온 거였다. 엘리베이터가 닫히는 순간, 구두 가게에서 이리로 뛰다시피 오는 남자를 보았다. 엘리베이터 문이 닫히자 수진은 가방에서 편지를 꺼냈다. 2층에서 엘리베이터에 탄 사람들이 모두 내리기를 기다렸다가 그녀는 재빨리 열림 버튼을 누르고 화숙에게 편지와 종이쪽지를 주었다.

"급한 일이야. 지금 당장 핑계 대고 나가 여기 적어놓은 정희 집에 전화를 넣어 아란을 찾으라고 해. 꼭 오늘 중으로 아란에게 이 편지를 전해줘야 해. 이제부터 나를 봐도 아는 척하지 마. 형사의 미행을 받는 중이야. 곧바로 형사가 탈 거야. 표정 관리하고."

수진은 재빨리 말을 하고 2층에서 내렸다. 화숙은 주머니 없는 제복을 살피다 편지와 종이를 가슴띠 속에 끼워 넣었다.

"네, 선생님 알아들었습니다."

엘리베이터 문이 닫혔다. 박수진이 은빛이 도는 여우털 목도리를 두르고 거울 앞에 서 있을 때 엘리베이터에서 허겁지겁 내린 남자가 그녀를 발견하고 안심하는 표정을 지었다. 마네킹 껄은 여우털 목도리가 너무 잘 어울린다는 말도 안 되는 말을 했다. 박수진은 무심결에 여우털 목도리의 가격을 물어보고 기겁했다. 자신의 다섯 달 봉급과 맞먹는 가격이었다. 그녀는 건성으로 집어 들었던 여우털 목도리를 내려놓고 그 옆에 진열된 가죽 장갑을 하나씩 손에 끼어보았다. 펼쳐놓았던 장갑을 모두 제자리에 놓아두고 사진기실 앞으로 다가갔다. 미국제 사진기를 구경하고 있는데 한 신사가 한쪽 팔에는 단장을 한쪽 팔에는 여우털 목도리를 두른 여성을 매달고 와선 사진기의 가격을 물었다. 점원이 100원인데 98원으로 주겠다는 말에 신사는 선뜻 샀다. 여우털 목도리를 한 여성이 아양을 떠는 목소리가 들렸다. 박수진은 눈꼴이 틀려서 고만 엘리베이터 앞에 섰다. 나라 빼앗긴 국민이니 불경기니 뭐니 하여도 풍성한 백화점의 꼴

불견을 더는 보기 싫었다. 대담해진 남자가 수진의 바로 뒤로 다가와 섰다. 엘리베이터 문이 열렸고 수진이 올라탔다. 그사이 엘리베이터 껄은 다른 여자로 바뀌어 있었다. 박수진은 안도의 숨을 내쉬고 3층에서 내렸다. 그녀는 3층에 있는 포목 주단실에 가 울긋불긋한 온갖 비단을 구경했다. 꽃 모양, 나뭇잎 모양, 새 모양의 비단을 만지다 기생이 입는 장미를 수놓은 하부다에 저고리를 펼치며 남자를 찾아보았다. 남자는 인상을 쓰며 통로를 돌아다녔다. 박수진은 모든 진열장을 돌며 물건을 신물 날 정도로 구경하고 입어보았다. 마네킹 껄, 이라 부르는 진열장 점원이 짜증을 내는 기색이 보이면 그녀는 견직물 목도리와 털장갑, 팥양갱을 구입해 조지아 마크가 찍힌 종이 가방에 차곡차곡 넣었다. 뒤따르던 남자는 지쳐 엘리베이터 근처에 놓인 의자에 앉아 그녀를 기다렸다.

화숙이 점장에게 갑자기 하혈이 생긴다고 말하자 점장은 얼른 가라고 했다. 그는 평소 늘씬하고 싹싹한 화숙에게 품었던 마음이 있기에 조퇴 처리도 하지 않았다. 화숙은 백화점에서 나오자마자 백화점의 물품을 자전거로 배달해주고 돌아오는

김 씨를 불러 세웠다. 자전거의 짐칸이 비어 있었다. 자전거에
올라타 전신국에 데려다달라고 부탁했다. 전신국에서 정희의
집 전화번호를 넣고 기다렸다. 교환원이 전화 연결이 되었음을
알려주고 전화기를 건네주었다. 정희는 조지아 백화점의 단골
이었다. 백화점 특별 할인 행사 때면 화숙이 종종 알려주곤 했
다. 정희는 천성이 남에게 베푸는 것을 좋아해서 화숙에게 실
크 스타킹을 주기도 했고 특별 행사 때 덤으로 얻는 화장품을
주기도 했다. 전화를 받은 정희는 화숙이 박수진 선생님에게
들은 얘기를 전하자 화들짝 놀랐다.

"무슨 일이래? 어쩐다니? 아란도 일을 하는 입장이라 밤이
늦어야 집으로 갈 텐데."

"선생님은 오늘 중으로 꼭 전하라고 했어. 이 편지를."

정희는 화숙이 전신국에서 전화를 걸었다는 것을 계산해 수
진궁 터에서 만나자고 했다. 정희는 전화를 끊자마자 모직 코
트를 입은 후, 엄마의 장롱에서 여우털 목도리를 꺼내 걸치고
나갔다. 수진궁 터는 정희 집에서 걸어서 오 분 거리였다. 정희
는 걸으면서 아란에게 닥친 위험한 일이 무엇인지 생각해보았
다. 일본 형사가 찾는다면 혹시, 아란이 일하는 곳이 독립운동

과 관련된 것일 것이라 짐작했다. 아란이 다닌다는 회사가 어떤 곳인지 모르지만 원형출판국에 가서 도움을 받을 수 있을 것이라는 결론을 내렸다. 아란은 화숙에게 건네받은 편지를 읽을 겨를도 없이 원형출판국으로 갔다. 가스등이 켜질 시간이 아직 남았는데 벌써 떨어진 겨울 해로 종로 거리는 평소보다 어두컴컴했다. 화숙은 정희가 출판국에 같이 가자고 했지만 정희의 은빛 여우털 목도리를 보는 순간 눈꼴이 틀렸다. 그 가격을 알고 있기에 더 쳐다보기 싫었다. 자신이 꼬박 1년을 벌어 안 쓰고 안 입고 모아도 살까 말까 한 목도리였다. 똑같은 하늘 아래에서 부모 잘 만난 탓에 일도 하지 않고 돈을 쉽게 써버리는 것이 당장은 얄미웠다. 화숙은 낡은 코트의 깃을 올려 찬바람에 할퀴어지는 목을 가리고 전차 정류소로 갔다.

정희는 화숙과 헤어지자 덜컥, 겁이 났다. 원형출판국에 아무도 없으면 어떻게 하나. 정희는 겉감이 두꺼운 모직 코트의 앞자락을 다시 여몄다. 아무리 여우털 목도리를 둘러도 몸이 예전 같지 않았다. 작은 바람이래도 몸을 관통해 들어와 뼛속까지 으슬으슬거렸다. 정희는 떠올리기도 싫은 여름의 사건과 서소문정에 있던 동굴 같은 방을 떠올리곤 소스라쳤다. 두 계

절이 흘렀지만 그때의 통증을 떠올리면 바로 어제 일처럼 온몸
이 찢겨지는 것 같았다. 그녀는 어둑한 골목의 돌담 밑으로 나
와 있는 변소통을 보고 인상을 썼다. 얼어붙어 냄새는 안 났지
만 보기도 싫은 것들이었다. 나무 칸이라도 덮어 좀 가렸으면
싶었다. 골목 모퉁이를 빠르게 돌았더니 다행히 원형출판국 사
무실에서 불빛이 새어 나왔다. 정희는 반가운 마음에 마당을
가로질러 문을 잡아당겼다. 로이드안경을 쓴 남자는 책을 펼쳐
놓고 앉아 있다가 무심히 고개를 들었다.

"아란을, 아란을 찾아야 한댔어요."

"이봐, 학생. 아란을 왜 여기서 찾아."

"저희들의 담당 선생님이 형사의 미행을 받았다고 했어요."

정희는 화목난롯가로 다가가 장갑을 벗고 주머니에서 편지
를 꺼내 그에게 주었다. 그는 난로 곁에 서서 편지를 받아 읽
었다.

아란 보거라. 다급해 인사 없이 본론만 쓰니 명심하거라. 지금 교
문 밖에는 사복형사가 나를 미행하기 위해 기다리고 있다. 오늘 조
선총독부 경무국 직원과 일본 형사가 『연애 독본』을 쓴 사람이 아

란이라는 증거를 가지고 학교로 찾아왔다. 책을 낸 출판국과 다른 두 권의 딱지본을 쓴 한제국, 작가를 찾는 것이 목표라고 했다. 그들을 찾아낼 때까지 아란에게 죄를 덮어씌우고 고문을 할 것이다. 오늘은 일단 이천의 향촌 주소와 상관도 없는 교동의 한 여관 주소를 가르쳐주었지만 그들이 주소를 찾아내기는 쉬울 것이다. 내일 아침 학교 앞을 지키고 서 있을 것이다. 집에도 들어가지 말고 당분간 아니, 가능한 한 오래 다른 곳으로 피해라. 학교 졸업장에는 미련을 버리고 문학을 깊이 파고들어라.

고원식은 편지를 읽고 난 후 사태를 파악했다. 이미 예상했던 일이었다. 총독부 경무국에서는 조선출판 금서 목록이 작성되었다. 김구의 『도왜실기(屠倭實記)』와 박은식 『한국독립운동지혈사』를 비롯해 특정 가문의 족보도 금서로 지정되었다. 딱지본 금서는 『고등형사 미와』와 『경성의 영웅, 트로이카』인데 두 권을 발행한 출판국을 찾아내기 위해 경무국 직원이 형사까지 동원해 종로 일대 출판국과 서관을 이 잡듯이 샅샅이 뒤졌다. 박문서관과 한성도서주식회사의 대표를 비롯한 영창서관, 동양서관, 덕흥서림, 회동서관, 신문관 등 출판국 대표들의 비밀회의를 열 정도였다. 그들도 비밀리에 딱지본을 발행해 정식 출판물보다 쏠쏠한 수입을 얻은 터였지만『고등형사 미와』, 『경성의 영웅, 트로이카』, 『연애 독본』의 판매량을 따라잡을 수 없었다. 『연애 독본』은 출간한 지 한 달 만에 1만 2천 부가 팔렸다. 종로통 출판국 관계자들도 내심 세 권의 딱지본을 발행한 출판국을 찾아내고 싶어 했다. 『고등형사 미와』를 출간한 출판국과 한제국에 관한 제보를 주면 용지 지급을 적극적으로 지원하고 출판 지원금까지 주겠다는 조선총독부 경무국의 문건이 출판국 사이를 돌고 있었다.

고원식은 다방골에 위치한 비어 있는 공장 구석 한 칸에 인쇄기를 놓고 딱지본을 인쇄했다. 한성고무 공장은 고원식의 이복 맏형이 운영했었는데 중림동의 고무공장 지대로 옮겨갔다. 종로의 원형출판국에서는 달력과 전국 여행지 안내 책자 따위를 찍었고 활발하게 팔리는 것이 아니기에 출판국의 이목을 끌지 않았다. 고원식은 입이 무거운 세 명의 숙련공에게 두 배의 임금을 주고 낮에는 이곳에서 쉬엄쉬엄 일하게 했고 이틀에 한 번은 다방골 빈 공장에서 밤샘 작업을 시켰다. 고원식은『연애 독본』의 초고를 읽자마자 책이 엄청나게 팔릴 것을 예감했다.

또한, 이 책의 판매량에 질투하는 출판국에서 책의 저자를 알아내려 할 것이라는 것도 예상했기에 아란에게 절대 누군가에게라도 소설을 쓴 것을 비밀로 해야 한다고 겁을 주었다. 땅 위로 올라온 뿌리 하나를 잡아당기면 줄줄이 딸려 올라올 뿌리처럼 줄줄이 밝혀질 것이었다. 그런데 형사는 어떻게 알아냈는지 궁금했다.

"오늘 밤 중으로 꼭 이 편지를 전하라고 했어요."

정희는 고원식에게 편지를 받아 읽고 까무러칠 뻔했다.『연애 독본』을 쓴 아란을 형사가 잡아들일 것이면 그 소설 속 주인공 중의 한 명인 자신도 붙잡아 갈 수 있다는 생각에 어지러웠다. 그녀는 소파로 가 털썩 주저앉았다. 창백한 표정으로 이마에 식은땀을 흘리는 정희를 보고 고원식은 난로 위에서 바글거리고 끓고 있는 물을 대나무 컵에 따라주었다.

"거, 그 밍크 목도리 좀 빼지. 여긴 한데가 아니거든. 이마에 땀까지 흘리면서."

그는 쌀쌀하게 말하고 자신의 책상 앞으로 가 담배에 불을 붙이고 전화교환국에 번호를 불러주며 연결해달라고 말했다. 고원식은 정희를 보자마자『연애 독본』의 J 양이라는 것을 한 눈에 알아봤다. 정희는 대나무 컵을 받아 호호 불고 난 후 한 모금을 마셨다. 눅눅한 대나무 향이 희미하게 났다. 그제야 조금 진정되었다. 정희는 아란이 독립운동과 관련이 없다는 것에 안도했지만 자신과도 관련이 있다는 생각에 골치 아팠다. 그녀는『연애 독본』이 왜 문제가 되는지 어렴풋이 알 것 같았다. 그녀도 책을 받아 읽었을 때, 얼굴이 화끈거렸고 덜컥, 겁이 났다. 사람들이 자신을 알아볼 것 같았고 무엇보다 정혼자인 김태식이 읽는다면 곧바로 알아버릴 것이었다. A 양 자신만 똑똑한 체 쓴 것도 얄미웠지만 자신의 엄마가 첩이고, 엄마와 자신을 앙칼진 여자 취급한 것도 분했다. 아란이 우리의 첫 경험을 쓴다고 얘기했을 때, 거절했어야 했다. 그렇지만 그 순간에 자신이 아란에게 큰 도움을 받았기에 거절할 형편이 아니었다. 무엇보다 아란이 이렇게 야릇하고 적나라하게 쓸 것이라 생각 못했다.

"민 형, 일이 생겼네. 지금, 이리로 좀 오게나."

고원식은 말없이 침묵을 지키는 그가 답답했다. 전화교환국에서 자신들의 대화를 듣고 있을 교환원을 의식해야 했다.

"그녀에 관한 일이네."

민선재 쪽에서 먼저 전화를 끊었다. 고원식은 민선재의 사무실로 가야겠다고 마음먹었다. 그는 담뱃불을 끄고 자리에서 일어나 낡은 홑겹 코트를 걸쳐 입었다.

"학생은 일단 집으로 돌아가지. 내가 알아서 할 테니. 담당 선생님을 제외하곤 그 누구와도 이 일에 관해 말하지 말고. 조금이라도 새 나가면 학생이 J 양이라는 것도 드러나고 학생에게도 피해가 갈 것이네."

고원식의 말에 정희는 대나무 컵을 내려놓고 은빛 여우털 목도리를 목에 감으며 일어났다. 마당을 나서려는데 민선재가 뛰어왔다. 고원식은 정희를 보내고 민선재와 사무실로 들어갔다.

박수진은 학적부를 새로 옮겨 적느라 밤을 새웠다. 장지가 움푹 팼고 잉크가 묻어 잿물 적신 무명천을 손가락에 감았다. 학교 앞 잡화점 앞에 낯선 남자 두 명이 서 있었다. 그들은 박수진을 발견하자마자 서로 얼굴을 마주 보며 눈빛을 교환했다. 그녀는 무시한 채 주머니에 손을 집어넣고 그들 곁을 지나갔다. 교무국으로 가기 전에 3학년 교실로 가 안을 들여다보았다. 학생들이 난로 주위에 몰려 있었다. 아란은 보이지 않았다. 그

녀는 뒷문을 열고 정희에게 교무국으로 오라 말했다. 제자리에
앉아 엎드려 있던 정희는 화들짝 놀라 일어났다. 박수진은 새
로 작성한 학적부를 책꽂이에 꽂아두고 교무국으로 들어온 정
희를 데리고 교무국 옆, 선도실로 갔다. 아란에게 편지를 잘 전
달했냐는 질문에 정희는 출판국의 남자에게 편지를 주었다고
대답했다.

"출판국? 어떤 출판국?"

"종로에 있는 원형출판국이야요. 애초에 아란이 그 남자에게
소설을 보여줬더랬어요."

정희는 어제 고원식이 담당 선생님에게만 말을 하라는 것을
기억해내고 소녀구락부를 만들고 혼부라를 갔던 것과 미쓰코
시 옥상정원에서 그들을 만난 것까지 말했다. 물론, 자신이 담
배를 얻은 것은 말하지 않았다. 그 후, 어떤 연유에서인지 아란
이 출판국에 찾아가 소설을 보여줬고 두 번의 거절을 당한 끝
에 『연애 독본』을 쓴 것 같다고 말했다. 박수진은 출판국 이름
까지 알고 있는 정희가 걱정되었다. 당돌하지만 폭력과 고문
앞에서는 한없이 약해질 정희였다.

"정희가 누군가에게 이 소설을 아란이 썼다고 말했니?"

"그럴리가요. 저도 그걸 읽은 후, 지금까지 한숨도 못 잤어요. 분하기도 하고 겁도 나서요. 아마, 경숙일 것이야요. 경숙이가 여름방학부터 전신국에 다니다 힘들어 고만두고 본정의 카페에 드나들었거든요. 그 앤 학교에도 안 나오고 많이 타락했어요."

"너희들 얘기가 맞구나."

정희는 본인 입으로 실수를 내뱉었다는 것을 깨닫고 어젯밤 내내 생각해놓은 말을 했다.

"저에게 죄가 있다면 실제로 있지도 않은 일을 아란이 소설을 쓰기 위해 거짓부렁 하도록 내버려둔 것뿐이야요. 소설 속의 J 양이 저로 여겨지겠지만 인물만 저이고, 저는 그런 경험을 엄두에도 내지 못하는 순처녀예요. 모두, 아란이 만들어낸 것이에요. 저는 형사를 만나면 진실을 말할 수 있어요."

정희의 말에 박수진은 더욱 놀랐다. 정희의 말이 형사의 귀에 들어가면 출판국을 곧바로 찾아내고 그들과 아란은 서대문 형무소 신세를 면하기 어려울 것이었다.

"정희, 내 말 꼭 명심하거라. 형사들은 네 말을 안 믿어. 그들이 필요한 것은 진실이 아니라 여러 명을 잡아들일 구실이야.

아란과 출판국을 잡아넣기 전에 너부터 고문할 것이야. 그들은 여자들을 발가벗겨놓고 온몸에 전깃줄을 감는다고 하더구나."

　정희의 얼굴이 새파래졌다. 박수진은 정희에게 이 일에 관해서는 아예 잊어버리라고 당부했다.

『연애 독본』─A 양의 첫 경험기

　지금 경성은 점점 타락하고 있사외다. 에로틱과 그로떼스크가 버젓이 유행이외다. 경성 밤거리에서는 일루미네이션의 화려한 불빛 아래 쏟아져 나온 모뽀, 모껄 들이 부끄러움도 없이 서로의 허리를 부둥켜안고 혼부라를 즐깁니다. 불야성의 쏟아지는 불빛 뒤, 골목에는 검은 함정이 도사리고 있습니다. 저는 본정, 혼마치의 거리에서 종로 골목 구석구석에 서 있는 뚜쟁이들을, 서소문정의 검은 벌통 같은 아편굴을 떠올려봅니다. 연애를 인생의 행복이라 여기는 연애지상주의의 자유연애도, 돈 벌이와 순간의 쾌락을 위한 성애 행위도 제게는 화려하게 켜졌다가 꺼지는 일루미네이션 같사외다. 알렉산드라 콜론타이의 책 『빨간 연애』에는 이런 구절이 있습니다. 연애의 열락과 고뇌를 위하여는 시간과 정력도 없었다. 그래서 남녀의 일시적 정열의 지배자가 된 것은 복잡하지 않은 자연의 소리, 미래의 소리, 생물학적 재생산의 본능, 양성 간의 유인이었다. 남성과 여성은 쉽게, 이전보다 훨씬 쉽게, 또 훨씬 간단하게 이합(離合)하였다. 큰 정신적 감동도 없이 서로 합하고 눈물도 고통도 없이 서로 헤어졌다.

점멸되는 일루미네이션의 불빛이 일, 이 초 암전되는 순간, 저는 하늘을 올려다보았사외다. 하늘의 달과 별과 같이 늘 쳐다보이는 자리에 박혀 있는 그것을 사랑이라 부르면 어떻겠습니까. 독자 제씨께서는 시시하고 밋밋하다고 고개를 저을 수 있겠사옵니다. 그러한 사정을 외면할 수만은 없겠지만 그래도 저는 순간적인 쾌락이 아닌, 변함없이 유지되는 단단한 사랑이, 참연애가 있다고 믿고 싶사옵니다. 평소 소녀구락부의 회원인 저희들은 연애 십결을 달달 외웠사외다. 연애를 하려면 제대로 된 똑똑한 연애를 하고 수동적인 것이 아닌 주도적인 연애를 할 것이라 결심하였사외다. 또한 참연애는 찬성하지만 속연애(俗戀愛)는 반대하는 입장이었사외다.

소녀구락부는 서로에게 비밀을 만들지 말 것, 함께 공유하며 서로에게 힘이 되어주자는 의지였지만 첫 단추를 끌러낸 K 양의 경험은 예상치 못했던 것이었사옵니다. K 양은 충동적인 행동으로 첫 경험을 치렀고 세련된 어른 남성에게 마음까지 빼앗겼습니다. 비록 K 양이 연애가 시작된 후에 몸을 준 것은 아니지만 K 양은 그에 대한 연모의 마음이 거세어 물불을 안 가리고 덤비어들었사외다. 그렇지만 상대편에선 K 양에게 금세 권태를 느끼었고 학생 신분이라 죄책감이 든다는 핑계로 더 이상 상대해주지 않았습니다. 목마른 때에 물마시듯이 성욕만 채우고 돌아서면 그만인 그 남자를 더는 두고 보고 싶지 않았지만 여학생 신분인 저희로서는 어찌해볼 방법이 없었사외다.

K 양은 하루하루 시들어졌습니다. 저희들은 그녀의 연애를 단념시키기 위해 무척 노력을 하였지만 K 양은 괴로운 심정으로 독약을 마시고 죽어버리겠다는 말만 내뱉었사외다. K 양은 여름방학부터 전신국으로 들어가 헬로 껄이 되었사옵니다. 그렇지만 한 달도 못 다녔습니다. 전화기 너머 들리는 모든 사내들의 목소리가 그 남자의 목소리 같아서 사소한 것에 오해를 해 전화 통화를 하는 사람들 사이에 끼어들었습니다. 정신

적인 문제가 실생활을 해칠 정도로 심각하였사외다. K 양이 전
신국에게 쫓겨나는 것은 당연한 수순이었사외다. K 양은 에리
코, 라는 이름을 만들어 본정의 카페에 들어갔습니다. 본디 호
리호리한 몸맵시에 싹싹한 성격으로 금세 인기를 얻었사외다.
저는 K 양의 심정을 헤아릴 수 없었사외다. 어떤 뜨거운 맛이
그녀를 홀렸는지, 진정 그녀는 그를 사랑했던 것인지, 사랑의
쓴맛이 스스로를 타락시킬 수 있는 것인지 해답을 알 수 없었
습니다.

게다가 J 양마저 연애의 감정이 생기기도 전에 목적 없는 복
수로 일을 저질러버렸습니다. J 양의 일은 떠올리면 눈물부터
쏟아져 더 이상 떠올리고 싶지 않습니다. 연애 십결은 이론에
불과하였사옵니다. 실연애에 당도해서는 머릿속이 하얘지고
십결을 떠올릴 겨를도 없다는 것을 알아차리었습니다. 연유야
어떻게 되었든지 앞서 소녀들은 제 앞에서 처녀성을 던져버려
순정과 정숙에 대한 강박이 없어지고 몸과 정신, 연애에 대한
자유스러움을 퍽 자랑하게 되었사옵니다. 저로 말할 것 같으면
연애 따위에는 관심도 없었습니다. 애초에 그리 생겨 먹은 것
인지 남성에 대한 애틋한 감정을 갖기보다 이기려 들었고 남자

와 몸이 한데 엉키는 것을 불쾌하게 여겼사외다. 이성을 대해도 떨리지 않았고 관심을 끌기 위해 노력하지도 않았사옵니다. 옷을 줄여 입고 멋을 부리는 것은 새것을 살 수 없을 때 하는 기분 전환이었고 제 만족감이었습니다. 남자들의 시선을 사로잡고 아양을 떨기 위해서가 아니라는 점을 똑똑하게 밝힙니다. 평소 그런 생각이 확고했고 실천이 분명했기에 어떤 멋진 남성을 봐도 흔들리지 않았사외다.

그런 저에게 변화가 왔사외다. 그를 만날 때면 유리옥으로 된 상점 앞에서 열 번도 더 걸음을 멈추었습니다. 유리옥에 비치는 제 모습을 점검하고 어떻게 몸을 움직여야 그의 시선을 사로잡을 수 있을까, 그가 나를 통치마를 줄여 입은 여학생이 아니라 품고 싶은 여인으로 바라볼까를 연구하게 되었사옵니다. 그런 것이 사랑의 시작이라면 인정하겠나이다. 저는 핑계를 만들어 그의 출판국으로 찾아갔습니다. 소설을 쓰다가 과거와 현재의 시간을 어떻게 사용해야 할지, 인물의 생각을 어디까지 밝혀줘야 되는지, 인물이 공간 이동을 할 때, 그 길을 다써야 하는지 등 질문 거리를 만들어 찾아갔더랬습니다. 제가 찾아가면 반가운 기색도 귀찮아하는 기색도 없이 그는 책장에서 책을 꺼내 페이지를 펼쳐주었습니다. 그가 내민 페이지를 읽어보면 과연 제 고민은 저절로 해결되었사외다. 얼마나 많은 책을 어떻게 꼼꼼하게 읽으면 그렇게 똑 부러지게 제 궁금증의 예시를 척척 찾아내는지 신기하기만 했사외다.

그렇습니다. 저는 그의 지적인 면모에 홀딱 반했사외다. 그의 통통한 몸이나 굵고 짧은 목, 곱슬거리는 머리칼, 다려 입지 않아 쭈글거리는 와이셔츠와 유행과 상관없는 폭이 좁은 넥타이. J 양이 그토록 놀려대는 외모도 눈에 들어오지 않았사외다. 저는 오히려 통 넓은 바지를 입고, 굽이 달린 목구두를 신고 경복궁 기둥 같은 단장을 옆구리에 끼고 두툼한 각테 안경을 쓰고 펑퍼짐한 모자를 쓴 스트리트 모뽀들과 양풍쟁이들을 보면 구역질이 났더랬습니다.

늘 책을 손에서 놓질 않는 스마트한 그의 머리통 속의 생각들이 궁금했고 그토록 지식이 차곡차곡 쌓인 사람은 사랑 앞에서 어떻게 응대하는지 궁금했사옵니다. 그는 로이드안경을 쓰고 한 손에는 타들어가는 담배를 끼우고 눈으로는 끊임없이 책을 들여다보고 있었사외다. 그의 안경을 벗겨내고 그의 눈이 저를 바라보도록 만들고 싶었사외다.

그날은 마침, 기다리던 전화도 일찍 왔더랬습니다. 저는 얼른 미스터 스트라이크에게 전화 내용을 말하고 몸이 안 좋아 일찍 집으로 돌아가고 싶다고 말했습니다. 미스터 스트라이크는 어디가 아픈지 꼬치꼬치 캐묻다가 푹, 쉬라는 말을 하고 전화를 끊었습니다. 저는 각현당 사랑채의 누마루에서 할아버지에게서 받은 화촉을 꺼내보았습니다. 화촉 아래에는 날개를 펼친 원앙 한 쌍이 금박 입혀 새겨져 있습니다. 미리 계획을 했던 터라 집에서 나오면서 챙겨 나왔더랬습니다. 벌꿀 밀랍으로 만든 구하기 힘든 귀한 초라며 꼭 혼례 후에, 지아비 된 사람 앞에서 켜라던 할아버지의 당부 말씀을 외면했사외다. 화촉을 가방에 넣어두었습니다. 복도 끝에 있는 변소로 가 물통에서 물을 받아 얼굴과 목을 씻었습니다. J 양에게 얻은 향이 짙은 일제 당고 크림을 얼굴과 목에 발랐습니다.

쥐면 터질 듯한 당신의 건강미, 당고가 염려 없이 만들어놓습니다. 신문에 광고된 당고 크림의 문구가 불현듯 떠올랐습니다. 쥐면 터질 듯한, 이란 말이 머릿속에 가득 고였사외다. 제 쿵쿵거리는 가슴은 쥐여 잡히기도 전에 터져버릴 듯하였사외다. 그가 혹독하게 밀쳐내면 어떻게 할까, 잠깐 고민에 빠졌지만 평소 그가 나를 쳐다보던 눈빛이 싫지는 않은 것처럼 여겨졌사외다. 오히려 그도 나를 품고 싶은 욕망으로 힘들 것이라는 생각에 용기가 솟아났사외다. 얼굴과 목덜미에 스며드는 당고 크림의 향만으로 야릇한 흥분이 돋았사외다.

전차에서 내려 출판국에 도착했을 때는 뻐딱하게 휘어지고 아래로 내려뜨려진 기왓골에서 어둠이 떨어져 마당 안이 캄캄했습니다. 마당 한쪽의 인쇄기가 있는 공장은 문이 닫혔고 출판국 사무실에서만 노란 알전구 불빛이 새어 나왔습니다. 제가 출판국 문을 열고 들어가자 책을 들여다보고 있던 그가 고개를 들었습니다. 저는 문을 안에서 걸어 잠갔습니다. 그리고 가운데로 걸어가 발꿈치를 들어 알전구를 돌려 불을 꺼버렸습니다. 순식간에 어둠이 가라앉았지만 나무 그림자 없는 마당으로 밀려들어온 달빛으로 어슴푸레하게 그의 윤곽이 보였습니다. 곧바로 그의 책상으로 걸어가며 가방에서 화촉을 꺼냈습니다. 성냥을 그어 불을 만들어 두 개의 화촉에 불을 붙였습니다. 화촉에서 은은하게 벌꿀 냄새가 났습니다. 당황한 그가 입을 열기도 전에 그 앞으로 다가가 그의 품으로 파고들었습니다. 그는 손에 들고 있던 담배를 재떨이에 내려놓고 저를 껴안았습니다. 그의 어깨와 등허리의 살이 떨려왔고 누구의 것인지 알 수 없는 쿵쿵, 거리는 심장 소리가 크게 울렸사외다.

"아, 지금."

그가 무슨 말을 하려 할 때 저는 그의 입술을 덮쳤습니다. 그의 입에서는 담배 냄새가 났습니다. 입술은 불에 탄 듯 바짝 말라 있었고 뜨거웠습니다. 저는 어디서 배운 적도 없었지만 대담하게 그 앞에서 제 옷고름을 풀었습니다. 그는 뜨거운 숨을 훅, 내뱉고 제 손과 손 아래에서 모습을 드러내는 가슴띠 위로 부풀어 오른 가슴을 바라보았사외다. 저는 그의 손을 잡아 제 가슴에 올려놓았습니다. 희미하게 떨리는 그의 손이 제 가슴을 눌러보다 제 등 뒤로 돌아가 가슴띠 끈을 풀어 헤쳤사외다. 그리고 쥐면 터질 듯한 제 가슴을 입으로 덥석 물었습니다. 이가 닿자 가슴이 아팠지만 정신적인 흥분이 꽉 차 참을 만했사외다. 그는 저를 자신의 무릎 위에 올리려고 제 겨드랑이를 들어 올렸습니다. 저는 치마를 걷어 올려 다리를 벌리고 그의 무릎에 걸터앉았사외다. 그의 입이 제 목덜미를 빨자 희미하게 크림 향이 났습니나. 벌꿀 향과 크림 향에 취한 저는 더욱 용기가 생겨 그의 넥타이를 잡아당겼습니다. 그이 몸이 제 쪽으로 다가왔습니다. 넥타이를 풀어내고 다림질 기색이 없는 후줄근한 와이셔츠의 단추를 하나씩 풀었습니다. 그는 제 손길에 양순한 짐승처럼 가만히 있었사외다. 와이셔츠를 벗기자 그가 내 몸을 일으켜 세우고 의자에서 일어나 바지를 벗었습니다. 순식간에 알몸이 되었지만 우리의 몸 위로 밀랍 초의 향내가 스며들어 부끄러움이 없었사외다. 알몸이 된 제 몸은 불덩이에 덴 듯 뜨거웠나이다. 호흡이 가팔라졌고 목 뒤가 뻣뻣해졌사외다. 그의 서두르는 손길과 제 손길이 맞부딪쳤습니다. 저는 조금이라도 더 꼭 껴안으려는 듯 몸을 포갰사외다. 틈 없이 그의 허리에 제 몸을 밀어붙였사외다. 의자가 부러질 듯 흔들렸사외다. 서로의 팔이 엇갈리어 매만지고 있는 살덩이가 제 것인지 그의 것인지 구분하기 어려웠사외다. 그는 제 몸을 안아 책상 위에 올려놓고 미끈거리는 물이 흘러내린 가랑이 사이를 자신의 팔로 닦아냈습니다. 책상에 펼쳐진 책이 제 등을 쿡쿡 쑤셨사외다. 책상에서 몇 번을 시도했으나 그는 제 안으로 들어오지 못했습니다. 다급한 그는 저를 안아 내려 소파로 데려갔사외다. 푹신한 그곳에 누워 저는 부끄러움도 잊고 다리를 벌렸사외다.

그의 몸이 제 안으로 들어왔을 때 하얘진 머릿속으로 파닥파닥 반짝이던 빛이 모조리 쏟아져 내리는 듯하였나이다. 저는 비명을 지르지 않기 위해 그의 귀를 깨물었사외다. 그의 머리카락을 잡아당겼고 단단한 목에 손톱을 찔러 넣었습니다. 머릿속에서 파닥거리던 빛이 한꺼번에 쏟아져 내려 눈이 부셨고 귀가 막히었습니다. 그의 몸이 제 몸에서 떨어져 나갔을 때야 제 아랫도리는 소금으로 절여내는 듯 쓰라렸사외다. 참을 만한 쓰라림이었고 정신적으로는 흥분이 가시지 않아 그의 몸에 더 붙어 있고 싶었사외다. 일순 찬물을 뒤집어쓴 듯 정신을 차린 그는 순식간에 옷을 집어 입고 제 옷을 가져다주었습니다. 저는 몸을 일으킬 기력도 남아 있지 않았사외다. 간신히 제가 옷을 다입었을 때 그는 알전구를 돌려 불을 밝혔습니다. 환해진 전깃불 앞에서 벌꿀 밀랍 초는 빛을 내지 못하고 불안한 듯 흔들거렸사외다. 그가 입에 바람을 모아 촛불을 훅, 꺼버리고 자신의 책상 앞에 앉아 괴로운 듯 담배에 불을 붙였습니다. 저는 한숨을 내뱉는 것처럼 하얀 연기를 피워 올리는 밀랍 초를 가방에 집어넣었습니다. 그의 침묵에 저도 따라 침묵하였습니다. 그가 순간적인 욕정에 저를 안았다고 하더라도 저는 후회하지 않왔사외다. 저는 제 사랑이 더 중요하다고 위무하였사외다. 그에게 변소에 다녀오겠다고 말했습니다. 그는 대답하지 않았습니다. 문을 열고 밖으로 나오니 밤바람이 제 얼굴을 할퀴듯 휘갈겼사외다. 저는 곧바로 마당을 가로질러 골목을 나왔습니다. 다리는 비틀거렸지만 정신은 또렷했사외다.

내 혼이 불탈 때

눈과 귀를 찢어내는 분노의 감정. 그리하여 마침내 정신까지 잃게 하는 독한 질투는 어디에서 오는 것이오. 사랑이 먼저였고 욕망을 조절해야만 하는 고통을 견디고 있었소. 거리에서 꽃나무를 만날 때마다 가지를 분질렀소. 주머니에 넣고 자르고 잘라 더 이상 손바닥에 파고들어도 통증이 느껴지지 않을 정도로 잘라냈던 그 욕망을, 고 형은 순식간에 취해버렸소.

우편국에서 엽서를 보내고 나왔다. 광화문 전화교환국을 지나, 한양택시주식회사 입구 벚꽃나무 아래 섰다. 잎이 죄다 떨어지고 눈에 젖어 얼어붙었다가 희미한 겨울 태양에 녹은 젖은 가지를 잘라 주머니에 넣었다. 찬바람에 바싹 말라비틀어진 저 꽃나무의 가지를 몇 번이나 분질러 주머니에 넣었던가. 나무의 밑동에 불을 살라 꽃나무를 태워버리고 싶은 충동을 누르며 종로경찰서 앞까지 걸어갔다. 제복을 입고 총을 어깨에 메고 있는 경찰에게 돈을 쥐여주고 총을 사겠다고 할까, 아니면 무작정 덤벼들어 총을 뺏어볼까 궁리를 했다. 고 형은 어찌 그리 행동했을까. 고 형 또한 아란을 마음속에 품고 있었던 것일까.

아란이 쓴 『연애 독본』은 한 손에 움켜쥐고 앉은 자리에서 읽을 수 있을 정도로 얇았다. 친구들에게서 수집한 얘기를 적었다더군. 분명, 고 형은 그렇게 말했다. 그리고 웃었던가. 비열한 입술을 들썩이며 웃었던가. 책을 받아들고 곧장 읽고 싶었지만 나는 마포 스피드 광고 작업실까지 차를 몰고 갔다. 전차 정류소 앞에서 전차가 지나가기를 기다리며 책을 쓰다듬었다. 몇 시간 전까지 아란이 앉아 있었던 의자에 앉았다. 매력적인 여인의 얇은 허리 같군, 이라 속생각을 하며 나는 아란을 떠올리며 책을 펼쳤던가. 목차도 없이 시작된 「A 양의 혼부라 경험기」를 읽으며 두근거렸던가. K 양과 J 양을 떠올리며 혹시, 나를 표현한 문장이 있는지 문장을 뒤적거렸던가. 마지막 「A 양의 첫 경험기」라는 제목만으로 나는 숨이 막혔다. 그동안 내가 분질렀던 모든 꽃나무의 가지들이 일제히 목구멍 안으로 들어와 온몸의 핏줄 사이를 파고드는 것 같았다. 몇 문장 읽기도 전에 사람을 살해하고 싶은 충동이 일었다. 충동을 누르며 마지막 문장까지 읽었을 때, 내 얼굴에는 눈물이 흘렀다. 창자가 타들어가는 심정이 이런 것일까. 아란의 순정을 잃은 것보다 고형의 배신이 돌조각이 되어 창자를 짓이겼다. 뾰족하고 날카로운 것에 찔리는 것보다 무디고 둥근 것에 질기게 짓이겨지는 것이 더 고통스러웠다. 고 형에게 내 마음을 낱낱이 고백했기에 내 몸을 스스로 해하고 싶을 정도로 비통했다. 아니, 고 형에 대한 마음을 솔직하고 적극적으로 표현한 아란의 글이 더 무서웠다.

삼일양복점을 지나고 멕시코 바를 지나 골목으로 접어들면서 마음은 원형출판국으로 갔다. 출판국의 책상에서 살집이 두둑한 몸을 웅크리고 앉아 책을 읽고 있을 그에게 다가가 멱살을 잡고 뺨을 후려갈기고 의자를 집어 들어 그의 머리통을 내리쳤다. 그 얼굴에 침을 뱉었다. 그것만으로 후련하지 않았다. 다행히 발은 냉정하게 곁가지로 난 골목으로 접어들었다. 순간적인 충동이 한 달 동안 매시간 일어났다. 한 달여의 시간을 어떻게 꼭꼭 누르고 있었는지 가슴속으로 들어간 불덩이가 온 창자를 지져냈다. 보이는 것도 없었고 들리지도 않았다. 보고 싶지도 않았고 듣고 싶지도 않았다.

"자네, 소설 쓰는 사람 맞아? 『고등형사 미와』가 실제로 기생의 칼에 맞아 죽은 것이 아니지 않는가?"

"그걸 지금 변명이라고 해?"

"자네가 진실을 들을 귀가 갖춰지면 그때 오게. 지금 다방골에 가야 하네. 종로통 모든 국숫집에서 난리가 났어. 책 좀 달라고."

형사 미와가 실제 기생의 칼에 찔려 죽지는 않았다. 그렇지만 미와가 기생에게 빠졌던 것은 사실이다. 사실을 토대로 거짓을 쌓았다. 아란과 고 형은 어떤 진실이 토대가 되었단 말인가. 고 형이 아란을 먼저 끌어당겼단 말인가. 그 상상이 나를 더욱 괴롭혔다. 어떻게 나는 살해 충동을 누르고 한 달의 시간을 보내왔을까. 『고등형사 미와』의 초판본 3천 부가 일주일 만에 다 팔렸다는 소리를 듣고 고 형과 나는 부둥켜안고 울었던가. 고 형은 빚을 갚기 위해 찾아간 이복 맏형 앞에서 무릎을 꿇었다고 말하며 울었던가. 고 형의 우악스러운 가슴이 내 몸을 꽉 껴안았던 그 모습이 떠올라 참았던가. 흙 위에 발이 닿지 못하고 허공을 떠다니는 허깨비처럼 걸어 사무실로 들어갔다. 미스 최와 디자이너 박 군이 달라붙어 있다가 화들짝 놀라 떨어지며 어색하게 웃었다. 박 군은 오늘도 마포에 전화를 넣지 않았다는 말을 했다. 순간, 마포 작업장 2층의 사무실에서 엉터리 영어를 지껄이는 박 군의 전화를 기다리고 있을 아란이 떠올랐다. 당분간 전화하지 말고 퇴근하라는 내 말에 기다렸다는 듯이 그들은 나란히 사무실을 나갔다. 그들은 지금 목하 연애 중이었다. 그들이 나가자마자 전화가 울었다. 한참을 울게 내버려두다가 혹시, 마포 작업실일지도 모른다는 생각에 전화기를 움켜잡았다.

"그녀에 관한 일이네."

고 형의 입을 찢어버리고 싶었다. 그녀, 라니. 저고리에 통치마를 입은 여학생에게 그녀, 라 부르는 그의 입을, 목을 비틀고 싶었다. 나는 사무실의 서랍을 모조리 열었다. 디자이너 박 군의 책상 서랍까지 죄 열어보았다. 쇳조각이라도 있으면 사용하리라. 서랍을 뒤지다 바닥에 주저앉았다. 이 독한 감정을 끝내는 방법은 한 가지뿐이었다. 내 고통을 스스로 끝내는 것. 고 형에게 상처를 입힌다고 사라질 것이 아니었다. 전화교환국에 전화를 넣었다. 마포 작업실 2층의 번호를 댔다. 곧바로 아란의 목소리가 들렸다. 오늘은 미국에서 전화가 오지 않았다고 말하는 아란에게 내가 갈 때까지 기다리라고 말하고 전화를 끊었다. 거울 앞에 서서 넥타이를 고쳐 매고 차 열쇠를 주머니에 넣고 사무실 문을 잠갔다. 마지막으로 나에게 천국과 지옥을 경험하게 해준 두 명을 만난 후, 지옥 같은 시간을 끝내리라. 더는 이 세상에 미련이 없었고 몸에서 빠져나간 내 혼은 불타올랐다. 마음을 굳게 먹고 결심을 하고 나니 숨통이 틔었다. 고 형은 사무실 앞에서 담배를 피우고 있다가 내 소매를 잡아끌고 안으로 들어갔다.

"마포 자네 사무실에 아란이 있지?"

"아니, 그걸 고 형이 어떻게 아는가?"

"그게 중요한 것이 아니네. 이것을 아란에게 전해주고, 자네가 그 애를 피신시키게."

그는 주머니에서 편지를 꺼내 펼쳐서 주었다. 나는 선 채로 아란의 담당 선생이 쓴 편지를 읽었다. 내가 편지를 다 읽자 고 형은 나를 끌어당겨 안았다. 고 형의 두툼한 살집 속에 폭 파묻혀 안겼을 아란을 떠올리기 전에 고 형이 나를 밀쳤다.

"서두르게. 그리고 당분간 이곳에 발 들이지 말게."

편지를 주머니에 넣고 마당을 재빠르게 걸어 나갔다. 꼭 쥔 주먹을 주머니 안에 넣고 잘게 부서져 가루가 된 나무 분진을 움켜쥐었다. 손톱이 손바닥을 파고들었다. 마당을 나가려 할 때 고 형이 불렀다.

"민 형."

걸음을 멈췄으나 고개를 돌리지 않았다. 그의 얼굴을 보면 주먹이라도 날릴 것 같았다.

"고맙네, 여러 가지로."

"자네는 미안한 것과 고마운 것을 분간하지 못하는군."

고마운 것이 맞을 수 있었다. 내가 분노를 드러내지 않았으니깐. 자신이 취한 여학생을 피신시켜줄 것이니깐. 마당을 다 나와 결국, 뒤를 돌아보았다. 원형출판국, 이라 적힌 낡은 나무 간판에 기대서 있는 고 형은 울 것 같은 얼굴로 억지로 웃고 있었다.

아란은 김규택의 『모던 심청전』을 읽고 있었다. 내가 문을 열고 들어가자 어색하게 웃으며 일어나 난로 위에 올려놓은 주철 주전자에서 물을 따라주었다. 얼떨결에 컵을 받아 들었다. 젖은 땅 속에서 파낸 칡 향이 났다. 어릴 때, 칡뿌리를 파낸 적이 있었다. 땅 위로 삐죽 나온 칡이 내 키만큼 거리에 있는 산수유나무 뿌리를 휘감아 죽일 것이라며 아버지가 삽을 던져주었다. 만만하게 여겼던 칡은 흙을 파내고 뿌리를 잘라내어도 미로처럼 단단히 얽혀 있었다. 종로에서 이리로 오면서 처절하게 고통을 느끼게 할 계획을 세웠는데 아란의 맑은 얼굴을 보자마자 모든 계획이 무너져 내렸다. 흙을 퍼내고 걷어내도 단단히 엉켜 있는 칡뿌리 같았다, 나의 비통한 사랑은. 나는 향이 짙은 칡물을 한 모금 마시고 아란에게 담당 선생의 편지를 꺼내주었다. 편지를 읽는 아란의 얼굴은 새파랗게 질렸다.

"어떻게 알았을까요?"

"그건 알 수 없고 얼른 가방을 챙겨."

"고원식 선생님은 어떻게 되는 건가요?"

이 상황에서도 고 형을 걱정하는 아란의 말이 내 속으로 들어와 타들어간 창자를 강제로 끄집어내는 것 같았다. 아란이 가방을 챙기는 동안 나는 난로의 뚜껑을 열었다. 난로 옆에 놓아둔 모래를 한 줌 집어넣어 불을 껐다. 사무실의 전깃불을 끄고 암흑 같은 계단을 내려갔다. 아란은 어둠에 눈이 익지 않아 벽을 손으로 짚고 서 있었다. 나도 모르게 손을 내밀었다가 접고 성냥을 그어 불을 붙였다. 아란의 흰 양말이 계단을 내려왔다. 차에 올라탄 아란의 옆얼굴은 무표정했고 냉정해 보였다.

"이제, 저는 어디로 가야 하나요?"

나는 말없이 차를 영등포 공장 지대로 몰고 갔다. 고무공장, 전선공장, 목재공장, 유리공장 지대를 돌다 아직 문을 닫지 않은 잡화점 앞에 차를 세웠다. 내려보라는 내 말에 아란은 말없이 따라 내렸다. 잡화점에는 곡물과 채소, 말린 생선, 과자, 비누, 벽에 매달아놓은 비로드 드레스까지 없는 물건이 없을 정도로 빼곡했다. 나는 집히는 대로 물건을 집어 들었다. 커다란 보자기를 펼쳐 물건을 쌓으며 주인 여자는 아란을 힐긋거렸다. 아란에게 필요한 물건을 집으래도 아란은 미동도 없이 두 손을 모으고 서 있기만 했다. 두 개의 보자기를 받고 돈을 지불하고 나왔다. 아이고, 여학생이랑 살림을 차릴 모양이구먼. 주인 여자가 혼잣말을 했다. 차 뒷좌석에 거칠게 보따리를 던졌다. 아란이 올라타자마자 차를 출발시켰다.

그 남자의 편상(片想)

　고원식은 주먹을 꼭 쥐고 새파랗게 질린 민선재의 얼굴을 보
았다. 질투의 감정에 휘어잡혀 어쩔 줄 모르는 그의 상태가 오
히려 다행이라는 생각이 들었다. 아니면 처음 딱지본을 출간
했을 때부터 세워놓았던 계획을 민선재가 알아차리고 방해했
을지도 몰랐다. 그는 사무실로 들어가 화목난로의 뚜껑을 열
었다. 책상 서랍을 열어 민선재에게서 받은 『고등형사 미와』
와 『경성의 영웅, 트로이카』의 초고를 집어 들었다. 원고는 이
원식 모델 타자기로 쳤지만 군데군데 민선재가 자신의 필체로
써놓은 것이 있었다. 수정할 부분을 표시해놓고 고원식에게 의
견을 묻는 것도 있었다. 필체를 대조해보면 고원식의 정자체에

비해 민선재의 필체는 본인도 알아볼 수 없을 정도로 악필이었다. 이 인물을 그대로 살릴까, 인물 이름은 어때, 이 표현 어떤가, 라는 민선재의 질문에 좋네, 좋아, 훌륭해, 멋지네, 라 답했다. 필체를 조금만 살펴도 글을 쓴 작가가 누구인지 책을 출간한 이가 누구인지 파악될 것이었다. 그는 두 소설의 초고를 화목난로에 집어넣었다. 타자기 용지가 말리며 화르르 불붙었다. 그 위에 나무장에서 배달해놓은 장작을 넣었다. 이제, 두 권의 딱지본 소설을 쓴 저자, 한제국의 본명은 민선재가 아닌 고원식이 되었다. 이 딱지본들은 모두 고원식이 썼고 혼자 다방골 빈 공장에서 인쇄한 것이었다. 야나기 형사가 원하는 것은 두 권의 딱지본을 쓴 저자와 그것을 발행한 출판국일 것이다. 고원식은 책상으로 돌아가 표지 없이 만들어놓은 『고등형사 미와』를 펼쳤다. 그 책에는 인물에 대한 의견을 깨알 같은 글씨로 적어놓았다. 아무 곳이나 펼쳐도 고원식의 필체만 있었다. 이미 출간된 책을 두고 표지도 없는 이 책에 메모하는 고원식을 보고 민선재는 참 별스러운 친구라 말했다. 그날, 미쓰코시 옥상정원에서 책에 메모를 하던 중 세 명의 여학생을 만났다. 그 여학생 중의 한 명이 진아라이었다. 그는 벽시계를 보았다. 이

제 민 형은 마포에 도착했을 거였다.

어머니는 본가에 들어갈 때면 그의 옷에 풀을 먹이고 빳빳하게 다림질을 했다. 모든 대소사에 참여할 수 있는 것은 아니었고 본가에서 정해준 때만 참석할 수 있었다. 어머니는 본가 솟을대문으로 그의 어깨를 밀고 본인은 측백나무 울타리 사이로 나 있는 쪽문을 이용해 안채 부엌으로 들어갔다. 행사 마무리 설거지가 끝날 때까지 어머니는 부엌에 엎드려 일을 했다. 그는 사랑채에 불려가 이복형들과 함께 무릎을 꿇고 앉아 조부의 질문에 대답해야 했다. 부친의 네 번째 기일 때, 그는 이를 악물고 조부께 출판국을 차리고 싶다고 말했다. 조부는 구체적인 계획서를 작성해 맏형과 의논하라고 했다. 조부는 마지막에 너희 4형제가 힘을 합쳐 집안을 지켜야 한다고 강조했다. 사랑채에서 나와 이복형들은 그에게 말을 거는 법이 없이 저희들끼리 건넌방으로 몰려 들어갔다. 누구 하나 돌아보지 않았고 그를 없는 사람 취급하였다. 행사가 끝나고 안채 우물가의 어둠 속에서 어머니를 기다렸다. 적모(嫡母)는 음식을 담은 대나무 바구니를 그에게 주며 힘든 일이 있으면 꼭 찾아오라고 말했다. 조부가 돌아가신 후에는 그 어떤 대소사에도 참여하라는 기별이 오지 않았다. 폐병을 앓다 죽은 어머니의 장례에도 아무도 오지 않았다. 묫자리를 의논하기 위해 찾아갔을 때, 적모는 선산에 첩의 묫자리는 없다고 말하고 두부 콩물이 끓어 넘친다며 부엌으로 들어갔다. 그는 어머니를 짚 멍석으로 둘둘 말아 인력거에 싣고 야산에 가 파묻었다. 짚 멍석에 석유를 붓고 불을 붙여 본가에 불을 질렀다. 불은 곳간채에 붙었지만 바로 옆 문간채의 일꾼들이 일어나 순식간에 불을 껐다. 그날, 수진동에 들어서기 시작한 목로주점에 앉아 국밥에 잔술을 넉 잔째 마실 때, 말끔한 양복을 차려입은 남자가 곁에 앉았다. 불장난하다 왔소? 선생한테서 탄내가 나오. 그가 민선재였다. 고원식은 민선재가 곁에 앉았을 때부터 철이 지남철에 이끌리듯 끌렸다. 겉보기에는 무표정하고 쌀쌀맞아 보였지만 차분한 천성에 품고 있는 기운이 밝았다. 한 골목을 사이에 두고 사무실이 가까이에 있다는 것을 알게 된 후로 민선재가 고원식의 출판국을 들락거렸다. 민선재는 미련하게 책상 앞에만 붙어 앉아 있는 그를 다방으로, 양식당으로 끌고 나갔다.

출판국을 차릴 때 조부가 보태준 돈을 받으러 이복 맏형이 찾아왔을 때도 민선재는 고원식의 책상에 걸터앉아 있었다. 원형출판국의 수입은 적자여서 매달 내야 하는 전기세가 밀려 전기도 끊길 판이었다. 맏형은 미리 작성해 온 차용증서를 내밀고는 소파에 앉지도 않고 돌아서서 나갔다. 차용증서에는 원금을 갚을 때까지 매달 이자를 지불하라고 덧붙어 있었다. 책상에 걸터앉아 차용증을 읽던 민선재가 타자 용지 꾸러미를 내밀며 씨익 웃었다. 『고등형사 미와』의 줄거리를 쓴 것이었다. 고형, 우리 이걸로 경성을 발각 뒤집어봅시다.

고원식은 민 형에게 「A 양의 첫 경험기」는 거짓이라고 말해주지 않기 잘했다는 생각이 들었다. 민 형은 더 고통스러워야 했다. 어떻게 자신을 믿지 않을 수 있는지, 고원식은 이해할 수 없었다. 고원식은 아란이 『연애 독본』 초고를 가져오던 날을 떠올렸다. 아란은 소설을 민 형의 마포 작업장 사무실에서 썼다고 말했다. 민 형이 제안한 일에 관한 얘기를 듣고 그는 의아했다. 미국 제품을 비밀리에 구입하기 위해 전화만 받을 여직원을 비밀리에 채용했다는 말을 어떤 사람이 순수하게 믿을 수 있겠는가.

"민 형이 아란에게 폭, 빠졌군."

내 말에 아란은 당황하는 기색 없이 진지한 표정을 짓고 목소리를 낮춰 말했다.

"저도 그럴 것이라 짐작은 했습니다만."

"허어, 거 참 당돌한 여학생이로군."

"저는 제 사랑을 위해 평온한 가정에 돌 던지고 싶은 생각은 없습니다. 그래 이렇게 거짓으로 썼으니 고원식 선생님께서 넓은 아량으로 이해해주시길 바랍니다."

아란은 분명 제 사랑, 이라고 말했다.

"글을 읽고 질투심에 불붙어 더 큰 일을 저지를 것이라 계산한 것은 아니고?"

"그리 생각할 수도 있겠네요."

고원식은 담배에 불을 붙였다. 둘의 감정이 애틋하다면 금세 알아차릴 것이었다. 떨어져 있을 때는 감추고 덮어둘 수 있겠지만 둘이 붙어 있으면 사랑은 금세 들통날 것이었다. 숨길 수 없는 사랑은 그런 것이었다. 고원식이 담배 한 개비를 다 피우기도 전에 마당에서 저벅거리는 발소리가 들렸다. 폭이 좁은 마당을 꼭꼭 누르며 다가오는 발소리를 들으며 그는 마음을 차분하게 다졌다. 이내 사무실의 문이 벌컥, 열렸다. 검은 프록코트를 입은 사내 두 명이 고원식을 발견하고 사무실 안으로 들어왔다. 고원식은 생각했다. 각테 안경을 쓴 사내가 경무국 직원이고, 카이젤수염을 기른 자가 바로 야나기일 것이었다. 그들은 고원식이 짐작했던 것보다 일찍 들이닥쳤다. 고원식은 마침 그들을 기다리고 있었다는 듯 소파를 손으로 가리켰다. 그들은 소파에 앉지 않고 출입문을 막곤 서 있었다. 고원식은 스트라이크 담뱃갑을 들어 그들에게 보이곤 한 개비 꺼내 물고 불을 붙였다.

"『고등형사 미와』를 쓴 저자의 필명 한제국은 대한제국에서 따온 것이오."

카이젤수염을 기른 야나기 형사로 보이는 자가 사무실 안쪽, 그의 책상 앞으로 걸어 들어오기 전에 고원식은 자리에서 일어났다. 그는 사무실을 떠나기 전 다신 볼 수 없을지도 모르는 사무실을 천천히 둘러보았다.

엄마의 엄마인, 외할머니는 비린 생선을 좋아하는 여자였다. 바다에서 갓 건져 펄떡거리는 생선을 회로 쳤고 꾸덕꾸덕 마른 생선의 비늘을 긁어내고 불이 자작자작한 볏단에 놓고 시름시름 굽기도 했다. 마르는 과정에서 내장이 상해 쿰쿰한 냄새가 나는 생선마저 좋아하셨다.

열 살, 열한 살의 내가 심부름으로 외가를 갈 때면 엄마는 늘 중앙시장에 가 생선을 사주었다. 사십 분 정도 시골로 들어가는 버스 안에서, 여름 교복을 입은 학생들 숲에서 자리를 차지하지 못한 나는 생선 토막을 싼 누런 봉투를 들고 솟구치는 멀미를 참느라 얼굴이 노랗게 질렸다.

외삼촌과 이모들은 자매 중 유독, 내가 외탁을 했다고 했다. 그래서인지 까칠한 청소년기가 지나자마자 나는 얇은 생선의 맛을 알았고 생선을 밝혔다. 강릉에 내려가면 넓은 함지박에 가오리, 대구 등이 물에 담겨 있는 것을 보면 꼬들꼬들한 생선살이 혀에 감기는 듯했다. 바다에서 건져 찬바람에 말린 생선을 다시 물에 불려 얇은 간장 양념을 한 생선찜을 먹을 때마다, 외할머니를 떠올렸다. 외할머니는 어린 내 눈에 단정했고 도도해 보였다. ~했느니라, 라는 서술형을 썼고, 염치와 체면을 중요시 여겼고 마을 할머니들과 어울려 수다 떠는 것을 싫어했다. 사람들에게 곁을 안 주었고 집에서 기르는 소, 개, 고양이에게 곁을 내주었다. 뒤란의 석대 앞에 서서 쌀과 물을 놓고 잡신에게 비손했다.

엄마의 엄마에 대한 기억을, 내가 만나보지 못한 외할머니의 처녀 시절을 상상해보는 작업은 즐거웠다. 여느 할머니들과는 달리 허리를 나무도마처럼 편평하게 펴고 손을 휘젓지 않고 걸었던 외할머니의 소녀 시절을, 아란이 머물던 공간으로 데려와 봤다.

이 작업은 5년 동안 붙잡고 있던 나혜석에 관한 소설을 쓰고 난 후, 여전히 그 공간에서, 인물에게서 빠져나오지 못한 상태에서, 휴식하듯 가볍게 쓰려고 노력했다. 슬픔에 짓눌린 것들을 거둬내고 써서 소설을 끝내고도 밝음이 유지되었다. 해피엔드의 즐거움을, 쓰는 입장에서 처음으로 맛 들였다.

이 밝은 소설을 나의 엄마와 엄마의 엄마인 외할머니에게, 여성으로 태어난 모든 그녀들에게 바친다.

ROMAN COLLECTION 003

연애 독본

초판 1쇄 인쇄 2015년 8월 27일
초판 1쇄 발행 2015년 8월 31일

지은이 박정윤
펴낸이 이수철
주 간 신승철
편 집 정사라, 최장욱
교 정 하지순
마케팅 정범용
관 리 전수연

펴낸곳 나무옆의자
출판등록 제396-2013-000037호
주소 서울시 용산구 한강대로 109 용성비즈텔 802호(04376)
전화 02) 790-6630 팩스 02) 718-5752

페이스북 www.facebook.com/namubench9
카페 cafe.naver.com/namubench
인쇄 제본 현문자현 종이 월드페이퍼

ISBN 979-77-86748-01-5 04810
      979-11-86748-04-6 04810 (세트)

• 이 도서의 국립중앙도서관 출판예정도서목록(CIP)은 서지정보유통지원시스템
  홈페이지(http://seoji.nl.go.kr)와 국가자료공동목록시스템(http://www.nl.go.kr/kolisnet)에서
  이용하실 수 있습니다. (CIP제어번호 : CIP2015020478)